短歌ください

君の抜け殻篇

穂村 弘

角川文庫
24617

目次

短歌ください　君の抜け殻篇

テーマ

本

今回のテーマは「本」です。身近なものでありつつ、別世界の入り口でもある。そんな感覚が面白い歌を引き出しているようです。

夕闇に文字は滲んで溶けはじめのどに象牙の光が残る

（原彩子・女・45歳）

時間を忘れて本に浸っているときの、身体と外界の輪郭が溶けあうような感覚が伝わってきます。ふと気がつくと辺りは「夕闇」に包まれていたのでしょう。同じ作者の「読みさして眼を上げるとき解けてた世界を取り繕った気配が」もよかった。

最後まで辞書を読み終えたあたしを何も言わずに抱きしめたひと

（和田浩史・男・26歳）

二人の関係性に美しさがありますね。生身の人間からしか得られないものと、生身の人間からは得られないものがある。そんなことを感じました。前者はしばしば強調されるけど、後者の重要性が語られることは少ない。

「喜びと怒りと悲しみと楽しみ」太ももに挟んだ広辞苑

（鈴木晴香・女・30歳）

『広辞苑』でたぶん「喜怒哀楽」を引いたんでしょうね。説明があまりにも正しすぎて、逆に理解できない。『広辞苑』に集められた言葉の宇宙を全て挟んでいるような「太もも」の生々しさが魅力的です。

わたしたち剝がし取っては捨てていた帯出禁止ラベルの朱色

（相田奈緒・女・29歳）

みみっちい行為を描きながら、なんとも瑞々しい青春歌。図書館の「帯出禁止ラベル」は「わたしたち」の望みを制限するものの象徴か。「朱色」まで云ったことで、その感覚が表現されました。

おすすめの本を聞かれておすすめの本と検索窓に打ち込む

（木下龍也・男・25歳）

〈私〉を自らスルーしてしまう感覚が新鮮。ロボット的なまでのデクノボー感が、逆に詩情を生み出しているところが面白い。

本棚の前で臭い屁漏らしおり厠のお供がまだ決まらない

（いとうひでのり・男・51歳）

もうなんでもいい、それどころじゃない、とにかく一冊を、という状況に陥りながら、まだ最適な本を選んでしまう可笑しさ。臨場感がありますね。

「むささび」図鑑ひろげた背後にて父は優しい「ももんがだよ」

（原田・女・39歳）

「5歳くらいの男の子が若いお父さんに、むささびのことを『むささささび』と言っているのを聞いて、かわいいなと思いあれこれ妄想して詠みました」との作者コメントがありました。「むささささび」をキャッチしたセンサーが鋭い。そこに「ももんが」をもってきたことでさらに歌の世界が広がりました。

冬廊下親友の脚細かりき聖書にキティのしおりを挿む

（モ花・女・30歳）

ミッション系の女子校のイメージ。「脚細かりき」という描写に生命が宿りました。

「ありりすはるすです」という書き出しの本はこの世に二冊あるらし

（九螺ささら・女・44歳）

思わず読んでみたくなる謎めいた「書き出し」。平仮名表記が効いている。「この世に二冊ある」にも隠された物語性を感じます。

図書館の本なのにこれ、なんだろうカラオケボックス臭ハンパ無し

（石田明子・女・39歳）

「カラオケボックス臭ハンパ無し」のリズムがいい。「カラオケボックス」に持ち込んだのか。「図書館」に「カラオケボックス」があるのか。「なんかものすごくヤバイ感じでした」という作者コメントも面白かったです。

では、次に自由題作品を御紹介しましょう。

臨月を迎えた姉のその腹を触ってみたい30駅先

（中山雪・女・25歳）

唐突な「30駅先」にくらくら感を覚えました。そこに「臨月を迎えた姉」がいるので

しょうか。〈私〉の腕がみょーんとそこまで伸びるような感覚。

おといをおとついと言う知らぬ人お願いだから普通に言って

（梅ソー・女・21歳）

「と」が「つ」になっただけでたまらなく心が削られる。そういうことってありますね。どこか思春期的な苦痛。けれど、その人にとってはそれが「普通」なのかもしれません。違う世界があることがまたこわい。

こんなにも君と触れあう夜なのに地図は四色だけで塗られる

（高橋徹平・男・36歳）

「君と触れあう」ことが〈私〉には世界を覆すほどの出来事に思えているんだろう。けれど、そんな特別な「夜」にも、「四色」の定理は、全ての法則は、きちんと機能している不思議。

窓際の羽虫、次で降りるからいちかばちかでくっついといで

（蜂谷駄々・女・29歳）

電車かバスの中の「羽虫」への呼び掛けかな。人間よりも高次の存在からすると、我々もそう見えるんでしょうね。「いちかばちかでくっついといで」というメッセージを受け取って、理解して、さらに実行することはとても困難。

次回は「昭和」をテーマにした作品と自由詠を御紹介する予定です。
次の募集テーマは「靴」です。別に特別な理由はなくて、最近「靴」を買ったので。革靴、スニーカー、ブーツ、パンプス、下駄やスリッパでもいいですよ。自由に詠ってみてください。楽しみにしています。
また自由詠は常に募集中です。どちらのテーマも何首までって上限はありません。思いついたらどんどん送ってください。

テーマ

昭和

今回のテーマは「昭和」です。「昭和」の空気を知っている人の「昭和」、平成育ちの人のイメージとしての「昭和」、どちらも面白かったです。

襟巻きのミンクの硝子玉の目がとろりと冷えてゆく冬の夜

（原彩子・女・45歳）

そういえば昔の毛皮の「襟巻き」には動物の顔がついていたっけ。今見たらぎょっとしそうだ。食べるために殺すよりも、身につけるために命を奪う方がより残酷という考え方が浸透したのか。或いは、その事実から目を逸らすための顔の消滅だろうか。「とろり」という語感の柔らかな怖さが絶妙。

小指だけ爪伸ばしてるおじさんが喫茶店にて「お冷や」と告げる

（九螺ささら・女・44歳）

ディテールに「昭和」が行き渡っています。「小指だけ爪伸ばしてるおじさん」や「お冷や」もさることながら、都会では「喫茶店」もカフェに置き換わってしまったようだ。

光化学スモッグがでて影から影、やたらと回り道して帰る

（蜂谷駄々・女・29歳）

「光化学スモッグ」が出ると、学校の先生に日陰を通って帰るように云われました。「影から影」がうまい。これによって、何だか〈私〉が人間じゃないものに変化してし

まったような感覚が生まれた。

セピアとか白黒だったわけじゃないまして夕焼け色なんかでは

（後藤葉菜・女・26歳）

どんな昔もリアルタイムではオールカラー。それがどうして時間と共に意識の中で「セピア」や「白黒」や「夕焼け色」に変色してしまうのか。元々は古い写真や白黒の映画やテレビからの連想だったのかな。何についての歌なのか最後まで語られないのに伝わるところがいいですね。

フイルムが入ってなかったごめんねと笑って父は水虫を剝く

（鈴木晴香・女・30歳）

デジカメになった今ではなくなった光景。フィルムではなくて「フイルム」という発音も「昭和」的です。「ごめんね」のわりに「水虫を剝く」態度はどうなのか。けれど、「フィルム」と剝かれた皮膚の質感がどこかで結びついているようです。

半ドンの日は掃除機をかけながらママとチャーハンが待っている家

（こずえ・女・33歳）

「半ドン」って云いましたね。「掃除機」と「ママ」と「チャーハン」のなんてことない組み合わせの中に、土曜日の午後の空気感が甦ります。リズムを調整させて貰いました。

電話ボックスに入って泣いている人がそのまま化石となって

（竹林ミ來・男・31歳）

深夜の「電話ボックス」で「泣いている人」というのは一種の定番的な存在だった。

しかし、今は見ることがなくなりました。「そのまま化石となって」という誇張表現が効果を上げています。

雨上がり薪の香りと川の音とアリに噛まれた私の指先

（かよ・女・41歳）

「小さい頃、祖父の山に預けられた日の事を思い出して書きました」との作者コメントがありました。「雨上がり」の光、「薪の香り」、「川の音」が、それぞれ視覚、嗅覚、聴覚、さらに「アリに噛まれた私の指先」が触覚、五感の四つまでが連動して、生々しく世界が再現されています。

では、次に自由題作品を御紹介しましょう。

笑いつつ「これ、ほんもの？」と指で押す。サンプルだって信じてたから

（鈴木美紀子・女・49歳）

そして、取り返しのつかないことになった。「サンプルだって信じてた」という感受性の倒錯に説得力がありますね。それこそ「昭和」の頃なら「ほんものだって信じてた」というのが決まり文句だった。それが「サンプルだって信じてた」になるまでの時の流れって、一体なんだったんだろう。

死ぬ夢とわかってホッとした朝の何日か後に確実に死ぬ

（キノシタユウスケ・男・27歳）

「何日か後」が数万日後か数千日後か数日後か、それはわからないけれど「確実に死ぬ」。「夢」は死を忘れるなという親切な警告なのかもしれません。

こどもの頃なめたビスコのクリームの
レモンの味がよそよそしくて

（茶茉莉花・女・23歳）

一瞬「昭和」の歌かと思ったけど、作者の年齢を見てちがうことがわかりました。あの独特の風味を「よそよそしくて」と表現したところがいいですね。

電池が倒れたときこうやって時が解決
していくのだと思った

（美欧・女・25歳）

「時」が何を「解決」したというのか。伏せられていてわからない。にも拘わらず、奇妙に緊迫した臨場感がありますね。「電池」本来の機能とは無関係な「倒れた」という動きがポイントなのだろう。音数を調整させて貰いました。

同じ車種同じカラーの自動車が対向を来る　やばい気がする

（岡野大嗣・男・33歳）

「特に高速道路で同じ速度で向かってくる場合、鏡写しの世界のドッペルゲンガーに会ってしまったような、手が勝手にハンドルを右に切って正面衝突を境に入れ替わってしまうような気がしてどきどきします」との作者コメントあり。捉え方が面白い。意外でありつつ、わかる感覚ですね。その上、ナンバーが同じだったら鳥肌が立ちます。

次回は「靴」をテーマにした作品と自由詠を御紹介する予定です。

次の募集テーマは「駅」です。迷子になるような巨大な駅から無人駅までいろいろありますよね。自由に詠ってみてください。楽しみにしています。

また自由詠は常に募集中です。どちらのテーマも何首までって上限はありません。思いついたらどんどん送ってください。

テーマ

靴

今回のテーマは「靴」です。体の先端にかぶせて地面との接触感を和らげる道具とか、改めて考え始めると妙な気持ちになります。魅力的な歌が多くて選ぶのに時間がかかりました。

汚染地を出れたら履こうと思ってたス
トラップシューズおろしてしまう

（モ花・女・30歳）

衝撃的な歌。特に「おろしてしまう」の結句に目が吸い寄せられます。ということは、〈私〉は今も「汚染地」の中にいるんだ。その地を踏む真新しい「ストラップシューズ」。

そこには絶望と共に一筋の決意も宿っているようです。

くつ選びの条件から「走れる」が消えたときから大人になった

（竹林ミ來・男・31歳）

視点がいい。子供は走ることが日常。でも「大人」にとっては非常事態を意味しますね。同じ作者の「つま先のとがり具合で性格を判断してる通勤電車」も実感的。「つま先のとがり具合」やシャツのボタンを幾つ外すかに性格って出ますよね。

靴べらが見つからなくて躊躇なくわたしのゆびを使った夫

（鈴木美紀子・女・49歳）

意表を衝かれました。ホラーですね。これが男女逆ならネイル問題とかあってまだわかるのですが。「躊躇なく」に「わたし」の怨念が滲んでいるようでこわい。

歩むごとミリタリー風サンダルの底もろもろと崩れて夏だ

（つきの・女）

冬のブーツが春のローファーやスニーカーに替わり、さらに夏のミュールや「サンダル」になる。季節の流れと共に、足先が軽く、露出が多くなってゆくんだけど、でも、まだその先があった。それは「サンダルの底」が「もろもろと崩れて」ゆくこと。実際には単に古かったんだろうけど、そのとんでもない自由さに「夏」の中の「夏」を感じます。

あの人のつまさきとっても好きだから私を履いて「トントン」てして。

（ヨシムラ・女・14歳）

顔が好きだからキスしたいとか、性格が好きだから付き合いたいとかよりも、この奇妙な願いに純度の高い「好き」を感じます。

2歳2ヶ月の娘に命じられ快晴の日に
長靴を履く
（トヨタエリ・女・33歳）

小さな神様のお告げのようですね。「快晴の日に長靴」にリアリティがあります。何故、ママにそれを履かせたいのか。子供には世界がどう見えているんだろう。

車椅子の女の靴の純白をエレベーター
が開くまで見る
（木下龍也・男・25歳）

「車椅子」だから「靴」にはあまり出番がない。にも拘わらず足に装着されている。それによって「靴」の存在感が変化しているというか、純粋なモノとしての輝きに目がいったのでしょう。

玄関に知らない靴が落ちている夕暮れ一瞬母を殺した

（田中ましろ・男・33歳）

「帰宅して玄関のドアを開けて知らない靴が並んでいるとドキッとします。友達か、親戚か、強盗か。たいてい一度、最悪のケースを想像させられます」という作者のコメントがありました。「玄関」は空間の、「夕暮れ」は時間の、それぞれ境界領域に当たる。その危うさが「一瞬」の妄想を支えているようです。

ごうごうと花びらは樹を離れつつ零戦は土足禁止と思う

（カー・イーブン）

「花びら」は発進する「零戦」とそれに乗った若い命の譬喩《ひゆ》でしょうか。「ごうごう」がなんだか凄いんだけど、エンジンや風の音を連想させますね。当時「土足禁止」だったとは思えないから、これは現在展示されている「零戦」に対するもので、搭乗員の魂への敬意として読みました。

では、次に自由題作品を御紹介しましょう。

李《りー》さんがついに中国語で叫ぶ何《か》さんは丼から牛こぼしゆく

（高橋徹平・男・36歳）

何かパニックが起こったらしい。よく読むと、これはたぶん日本の牛丼屋における出来事じゃないか。「ついに」と「丼」がそれを暗示する。二人はアルバイト店員なのだろう。また、あの肉のことを「牛」と書かれると、巨大な動物が「丼」から零れたような錯覚が生まれ、パニックが一層激しく感じられます。

君のいる世界に生きているなんて思えないよ　それなのに雨

（鈴木晴香・女・31歳）

「雨はやっぱり冷たくて生きていることを否応なく実感させられます」との作者コメントがありました。「君のいる世界に生きているなんて思えないよ」の切実さに胸を衝かれます。

みえないのすきもきらいもぼうりょくも排水溝がどこにあるかも

（レイミ・女・23歳）

「排水溝」だけが漢字。それによって、「すき」「きらい」「ぼうりょく」などの全てがそこにずずずずと吸い込まれてしまいそうな感覚が生まれました。

Tabキーの羽虫を潰しちゃったTabなんて滅多に押さないのにな

（岡野大嗣・男・33歳）

「運の悪い奴だな、と思います」との作者コメントあり。我々人間に対して、神様もそんな風に思ってるのかも。日常詠の中に摂理への眼差しが宿っています。

次回は「駅」をテーマにした作品と自由詠を御紹介する予定です。

次の募集テーマは「祭」です。故郷の祭、外国のカーニバル、学校の文化祭、インターネット上の祭、雛祭、血祭。七夕祭の夜店には、子供の頃好きだったハッカパイプがもう見当たらなかったなあ。自由に詠ってみてください。楽しみにしています。

また自由詠は常に募集中です。

テーマ

駅

今回のテーマは「駅」です。誰にも思い出のひとつくらいはある場所。そのせいか、印象的な歌が数多く寄せられました。

都会にはホームが十五もあるのです、ねえお母さん。ねえお母さん。

（蜜・女・16歳）

「ホームが十五もあるのです」という驚きが実感的。さらに、その後の「ねえお母さん」の繰り返しが意外でありつつ、不思議に胸に染み込んでくるようです。「お母さん」は故郷で静かに暮らしているのでしょう。

分け合った炭酸水が体液になるまで君を見送っていた

（鈴木晴香・女・31歳）

見送りという時間感覚には独特の濃さがある。少しでも長く一緒にいたかったり、逆に早く電車が出ないかなと思ったりもしますね。その特異性を「分け合った炭酸水が体液になるまで」と表現したところに惹かれました。同じ作者の「駅からの道は駅までの道になる言えないことを言えないままで」もよかった。

愛のこと甘く見ていた春の駅　人の気持ちを甘く見ていた

（石川明子・女・40歳）

「上京した18歳の時、今思えば子どもで、地元に残る恋人と、その後修羅場になるなんて思いもせずに、駅で別れたことを思い出す」という作者のコメントがありました。

「甘く見ていた」という表現がいいですね。内容に加えて「春の駅」を間に挟んだ繰り返しのリズムも魅力的。

手をつなぐ所が駅でさよならを言うのも駅でにじんでく夏

（ナナワタカベ・男・31歳）

「駅」が機能的に重要な場所なのは当然だけど、その一方で、人々の感情の濃度が高まる場所でもあるんですね。「駅」における喜怒哀楽の蓄積が目に見えたら、凄いだろうなあ。「にじんでく夏」の直観的な表現もいいですね。

ひとりだけ光って見えるワイシャツの父を吐き出す夏の改札

（岡野大嗣・男・33歳）

「夏」の夕暮れの「ワイシャツ」の輝き。「ひとりだけ光って見える」の子供目線に、生々しいノスタルジーが宿りました。白黒の映画の一場面のような。

罅割れた手すりのペンキみりみりと剥きながら待つ海沿いの駅

（原彩子・女・46歳）

海風で罅《ひび》割れてしまうのか。「みりみり」の触感的なオノマトペがいい。それによって臨場感が生まれました。

まだあまり知らざる人と電車待つまったく知らぬ人らの中で

（岡村梨花・女・39歳）

「新しい職場三日目の帰り道、家の方向が同じ同僚と」という作者のコメントがありました。駅に集まる人々は、物理的には近くにいるんだけど、心理的な遠近感はさまざま。両者の間のズレの表現がいいと思います。

メビウスの輪になってゐる山手線目黒から目白セカイ反転

（九螺ささら・女・44歳）

「目黒」と「目白」が「セカイ反転」のポイントなんですね。そこを通るたびに生者と死者が入れ替わりそうな感覚。現実の駅名がそのまま別世界への切り替えスイッチにもなっていたのか。

0番線いつものホームにすべり来る電車の運ぶ太古のにおい

（よもぎ・女・20歳）

やはり日常の中の別世界感が魅力。こちらは「0番線」の「0」が「太古」の幻を呼び寄せるのでしょう。

発車ベル鳴る瞬間に飛び乗って、というのは結構むずかしいのだ

（後藤葉菜・女・26歳）

「というのは」以降の展開によって、リアリティの皮がぺろっと剝かれるような面白さ。でも、確かにそうだ。ぎりぎりで飛び乗ったつもりでも、実際にはまだ余裕があることが多い。動かない電車の中で一人ではあはあ息を荒くしていると、とても恥ずかしい。

では、次に自由題作品を御紹介しましょう。

七月の風に膨らむカーテンを見るためだけに図書館へ行く

（大嶋航・男・18歳）

青春の表現を感じます。「カーテンを見る」という目的の無意味さが瑞々しいんだけ

ど、それに加えて「図書館」との繋がりもわかるようでわからないところがいい。でも、やっぱり自分の家の「カーテン」じゃだめなんだ。「図書館」のは特別大きいからかなあ。

贅沢な大きな海老を前にして　宇宙の虫！と叫んだおまえ

（森響子・女・30歳）

「宇宙の」がいいですね。確かにあれは真空でも生きられそうなムードを備えています。

目が覚めて　はっと息吐き　目が覚める　まばたきひとつ　また目が覚めた

（佐藤ざらめ・女・17歳）

「目が覚める」ときの感じが短歌のリズムによって表現されています。「また目が覚めた」の「また」と過去形が効いていますね。何度も繰り返して、少しずつ覚めてゆくような、生まれ直すような感覚。

次回は「祭」をテーマにした作品と自由詠を御紹介する予定です。次の募集テーマは「写真」です。ハード的に急速に進化したジャンルですよね。僕が赤ん坊の頃の写真は白黒なんです。世代を感じます。色々な角度から自由に詠ってみてください。楽しみにしています。

また自由詠は常に募集中です。どちらのテーマも何首までって上限はありません。思いついたらどんどん送ってください。

テーマ

祭

今回のテーマは「祭」です。お祭りの夜の甘くて不安な夢のような感覚を詠った作品が多かったです。

りんご飴に歯型をつけてまたきみは踊りの輪へと戻ってしまう

（鈴木美紀子・女・49歳）

「りんご飴」は〈私〉が持っているのでしょう。きらきらと踊る「きみ」の世界と踊らずに見守るだけの〈私〉の世界を、手の中の「りんご飴」だけが繋いでいる。切ない歌。

箱の中ひしめくひよこ釣り上げることが遊びの世界から来た

（原田・女・40歳）

その「世界」の名は「昭和」でしょうか。お祭りで「ひよこ」や金魚の命がおもちゃにされる残酷さには、けれども暗いときめきが宿っていたようです。

明日には遠くにいってしまうから的屋の男の福耳を噛む

（はるの・女・26歳）

「夜店を出す人々とは二度と会うことはないかもしれない、一期一会を感じます」というう作者のコメントがありました。握手でもハグでもキスでもなく「福耳を噛む」ところに危うい味わいがある。おそらくはフルネームも知らない「男」なのでしょう。妖しい縁への憧れを感じます。

誘わなきゃ一万八千五百円出して浴衣を買ったんだから

（トヨタエリ・女・33歳）

「浴衣」と云えば普通は柄や色にいくところを値段でくるとは。意表を衝かれました。ロマンチックじゃないところがかっこいい。「誘わなきゃ」という勇気を支える「一万八千五百円」。

女の子同士だけれどなぜだろう光る輪っかを買ってもらった

（石川明子・女・40歳）

「『あれいいな』と言ったら友達が『買ってあげる』と言うので買ってもらいました。お祭りというと13歳の時のそれを思い出します」との作者コメントあり。お祭りの夜の特別な空気がそうさせたのだろう。ヨーヨーやハッカパイプではなく「光る輪っか」というところが「女の子同士」の夢の絆を感じさせます。

ゲタの音を響かせ彼に駆け寄ったまるで別れてないかのように

（みつこ・女）

思わずそうしてしまったのか。祭の夜の浴衣と「ゲタ」の魔法が二人の時間を巻き戻したのかもしれない。

なつかしい耳鳴りがする夜の底金魚みたいな君と泳いだ

（かずいち・男・27歳）

「なつかしい耳鳴りがする夜の底」が、お祭りの感覚を不思議に生々しく表しているようです。

手をつなぎ運命線は交差した立会人は屋台のおめん

（あさくらはるか・女・30歳）

初めて「手」をつないだ夜。異世界の住人である「屋台のおめん」だけが二人の「運命」の「立会人」だった。

「金魚って死ぬし」と言ってスーパーボールすくう斉藤くんが好きです

（相田奈緒・女）

実際には「内藤くん」だったとしても、作者は「斉藤くん」にしたと思う。作中では「死」から始まる「し」「ス」「す」「斉」「好」「す」というサ行音の連鎖が意識されています。

路地裏でわたがし味のきみの指ふくめばとぎれとぎれのひかり

（木下龍也・男・25歳）

「とぎれとぎれのひかり」に現場の味わいがありますね。普通のキスよりも心ががくがくするような感じ。どうして「わたがし味のきみの指」をふくむことになったのか。わからないけど、その偶然性の強さが魅力です。

では、次に自由題作品を御紹介しましょう。

食べてるときよりもげっぷをしたときに西瓜のことを強く感じる

（杉田佳凜・女・17歳）

わかります。旅行やデートも実際にしているときより、思い出したときに強く感じたりしますよね。

君が好き剛力彩芽よりも好き剛力彩芽はその次に好き

（オカモト・男・29歳）

突き抜けた馬鹿っぽさに惹かれます。この面白さは「剛力彩芽」という文字の並びと音の響きが短歌に乗ったためらしい。他の名前では魅力が消えてしまいそう。

本当に一瞬だけ寝たときに垂らした涎だから大丈夫だから

（マンゴーアレルギー・女・29歳）

「寝るとかなりの確率で涎を垂らしてしまいます」との作者コメントあり。何がどう「大丈夫」なのか、わからないのだが、その云い訳の必死さと無意味さがいい。音数を微調整させて貰いました。

非常時に押し続ければ外部との会話ができます（おやすみ、外部）

（鈴木晴香・女・31歳）

四句目までは、エレベーターの非常用ボタンに記された注意書きそのまま。それが結句の「（おやすみ、外部）」で鮮烈な詩になりました。かっこいいなあ。エレベーターの「外部」が〈私〉の「外部」すなわち世界に、一瞬ですり替わったようだ。

次回は「写真」をテーマにした作品と自由詠を御紹介する予定です。

次の募集テーマは「果物」です。私が子供の頃は苺が偉い果物だった。グレープフルーツやキウイは見たこともなかった。私の父が子供の頃はバナナが偉い果物。今はなんだろう。メロンかマンゴーか。色々な角度から自由に詠ってみてください。楽しみにしています。

また自由詠は常に募集中です。どちらのテーマも何首までって上限はありません。思いついたらどんどん送ってください。

テーマ

写真

今回のテーマは「写真」。昔の人は「写真」に撮られると魂を抜かれると思ったらしいけど、今でもどこか怖いものに思えます。そのときの笑顔が永遠に残るなんて。

紙袋かぶったキミのプロフ写メ待ち受けにしてお盆を過ごす

（みつこ・女）

「紙袋」をかぶっていたら誰だかわからないだろう。でも、どうしてか、最高の「キミ」の笑顔を「待ち受け」にするよりも、想いの深さを感じます。

うつくしく笑う遺影の片隅に小さく「写真はイメージです」

（カー・イーブン）

痛烈なアイロニーに痺れました。美味しそうな料理や美しい景色が写ったポスターの片隅にこの決まり文句があると、ややもやした気持ちになるけど、その究極形か。「イメージ」でないものはどこにいってしまったんだろう。

焼けた砂の匂いがふっと漂ってアルバム繰る手も迷子になった

（奥村沙織・女・27歳）

海の思い出が甦ったのでしょうか。写真には強烈な作用がありますね。視覚から嗅覚、そして動作へと全てが幻に包まれてゆく。

僕を切り売りするような感覚で切り取る分割証明写真

（岡野大嗣・男・33歳）

実感がありますね。「僕を切り／売りするような／感覚で／切り取る分割／証明写真」と、五七五七七のリズムによって、現に内容が「分割」されているところもいい。

向けられたレンズに「未来からきた」とうちあけそうなくちびる　待って

（原田・女・40歳）

カメラの前では現実の次元が変わる感覚が鮮やかに捉えられています。肉眼の前では脱げないけど「レンズ」の前では脱げるとかいうけど、心にも同じことが起きるのか。

桜の木見上げて写真を撮るひとの片方
曲げた足がよかった

（工藤吉生・男・33歳）

「片方曲げた足」の角度や力の入り方やオーラに、「写真を撮るひと」の命の情報が集約されていたのでしょう。

どの行事も写ってなくてと近影を卒業
アルバム委員に撮られる

（高橋徹平・男・36歳）

「友達役の人何人かと教室で一緒に話している風の写真を撮られました」との作者コメントあり。写真にはそんな事情は写らない。でも、〈私〉だけは「卒業アルバム」を開く度に思い出してしまいますね。

幾万のシャッターチャンスを逃してる
瞬きし合うふたりのひとみ

（鈴木美紀子・女・49歳）

日々の「シャッターチャンス」を捉えて写真を載せ続けるフェイスブックやツイッターの隙間から、生の時間が零れてゆく。ならば、「シャッターチャンス」を逃し続けることの中にこそ、生きている時間の意味があるのかもしれない。「ふたりのひとみ」という平仮名表記もいい。

では、次に自由題作品を御紹介しましょう。

全員が息を止めてた特急の床で跳ねてる出目金を見て

（蜂谷駄々・女・29歳）

背景を書かないことで、「出目金」が忽然と現れたかのようなインパクトが生まれました。「息を止めてた」「見て」とは、「息」ができない出「目」金の魂が「全員」に飛び火したのか。

精子以前、子のない頃の父の食う牛丼以前、牛や稲穂や

（工藤吉生・男・33歳）

面白い。「子」、「父」、「牛丼」の時間がぐんぐん巻き戻る感覚が、生々しい命の流れを感じさせます。

左手を繋いだだけで心臓が弱っていると言い当てたきみ

（はるの・女・26歳）

どきっとしますね。その驚きから恋愛やもっと危うい感情が発生しそうです。

仏壇のバナナを食べる戦争でぎせいになったじいちゃんと食べる

（小林晶・女・31歳）

生と死の間を自然に超えているような感覚に惹かれました。特に「バナナ」ってところがいい。

五反田のラブホテルから出た君にそっとティッシュを配る初夏

（藤本玲未・女・23歳）

「ラブホテル」と「ティッシュ」の時間差セットがいいですね。なんとも云えないような貧しい絆。でも、そのしょうもなさに支えられた「初夏」の季節感は眩しい。

期待した結果はなかった。だから、そう。『前のページに戻る』を押すの

（甘蛙・女・17歳）

ディスプレイ上の動作がこのように言葉にされることで一種の譬喩《ひゆ》に見えるというか、それ以上の意味の二重性を帯びてくるようです。

僕用の墓だと思う地下駐車場で車を眠らせるとき

（木下龍也・男・25歳）

「エンジンを切り、ふっと静かになるあの瞬間が好きです」との作者コメントあり。「僕用の墓」という反転したナルシシズムの魅力。

次回は「果物」をテーマにした作品と自由詠を御紹介する予定です。

次の募集テーマは「コンビニエンスストア」です。通称「コンビニ」。いまやそれがなかった頃のことを思い出せないほどの存在感。いや、若い人にとっては生まれた時からあったのか。色々な角度から自由に詠ってみてください。楽しみにしています。

また自由詠は常に募集中です。どちらのテーマも何首までって上限はありません。思いついたらどんどん送ってください。

テーマ

果物

今回のテーマは「果物」。いい歌が多かったです。「果物」は種類によって、色、形、味、イメージなどの個性がくっきりしているから詩的な象徴性を与えやすいのかな。

入学式好きな食べ物レモンだと言いし
あのこの訃報を聞きぬ

（モ花・女・30歳）

「入学式」の緊張の中で「好きな食べ物」を「レモン」という無理矢理で、しかし切実な感覚。そんな「あのこ」の突然の「訃報」に、自らの青春の死を感じたのでしょう。

ナイターに背を向けひとりキッチンで
静かに桃を食べている母

（苗くろ・女・27歳）

「家族に果物を出したあと、母はいつも立ったままひとりで食べています」との作者コメントがありました。日本の「母」のこの感じわかります。種の周りとかを食べてるんですよね。「ナイターに背を向け」の臨場感。

教室に打ちつける雨　給食のバナナを
女子は決して食べない

（竹林ミ來・男・31歳）

「すべての女子の給食トレーに残されたバナナというのはちょっと異様でした」との作者コメントあり。切って食べることもしないって、確かにどこかSF的な光景。「教室に打ちつける雨」が暗示的な効果をあげています。

念のため林檎も鞄に入れている果物ナイフ持ち歩くとき

（岡野大嗣・男・33歳）

「果物ナイフだけ持っていると軽犯罪法違反に問われる可能性があるらしいです」との作者コメントあり。なんともアイロニカルな歌ですね。「鞄」に「林檎」は大きすぎて邪魔だけど、蜜柑やさくらんぼじゃ駄目なんだ。

十匹の蟬の殻と歩く道お弁当はオレンジ一個

（さくらんぼ・女・29歳）

きらきらした歌。「十匹」と「一個」、カラカラの「蟬の殻」とジューシーな「オレンジ」という組み合わせがいい。社会的には無価値なゾーンの輝き。「オレンジ一個」を敢えて「お弁当」と呼んだところがポイント。

こうやって出会うことなどなかったはず氷の上にてろりマンゴー

（ティ・女・32歳）

「マンゴーかき氷。南国のフルーツのマンゴーが暑い地方には絶対にない氷の上に載って普通にしているのが不思議」との作者コメントあり。なるほど。思いがけない出会い、転じて恋愛のイメージも広がります。

スイカ割りよくやりましたなつかしい青い青いスーパーの床に

（横山ひろこ・女・47歳）

「スイカ割り」の光景。しかし、「青い青い」は海でもなく空でもなく、「スーパーの床」だった。その目眩《めくるめ》くような絶望感に惹かれます。

むしゃむしゃと夏を感じるひとときに
種が邪魔してむしゃむしゃぺっぺ
（小坂井大輔・男・33歳）

音読すると面白い。特に「むしゃむしゃぺっぺ」がいい。「ぺっぺ」のところが「種」ですね。

オレンジが転がってきたら拾ってね偶
然君に向かってゆくから
（ぼんぼり・女・31歳）

この歌の良さはやはり「偶然」ですね。わざと転がすのに「偶然」、そこに単なる反語以上の煌めきが宿りました。

では、次に自由題作品を御紹介しましょう。

豪雨なら仕方ないよねあのひとの子どもと海に行ったとしても

（藤本玲未・女・23歳）

「あのひとの子どもと海に行ったとしても」「豪雨なら仕方ない」とは、どういう論理なのかわからない。しかし、この心理が怖《おそ》ろしいことだけはわかる。世界の終わりめいた「豪雨」によって「海」が溢れるように、心が溢れてしまったのか。

ひき肉のいためる音がこわい日は誰よりはやく眠るに限る

（シラソ・女・28歳）

「ひき肉のいためる音がこわい」という感覚が鋭い。云われて初めて、あ、わかる、と思うけど、云われるまでは決して言語化できない。詩人はそのラインをいつも超えたい。

指さしてカラスの三角関係と突然言った挑発的に

（大学4年・女・22歳）

どきっとしますね。「カラスノサンカクカンケイ」というカ行を鏤《ちりば》めた音も、どこか「挑発的」に思える。

遠雷は出さない手紙　雨ひとつ降らせないままわたしは閉じる

（國森晴野・女・37歳）

「雨ひとつ降らせないまま」の「遠雷」の悲しみ。心の中の世界と外の現実が捻れながら繋がっているような感覚に惹かれました。

かぎかっこつけて特別にした言葉あなたに届けかぎかっことじ

（たまやん・女・41歳）

結句の「かぎかっことじ」がいい。これによって言葉の次元が変化して詩が生まれました。

走らねば消え入りそうな夏休み水っぽいソーダ水飲んでひとり

（ちだ・女・21歳）

「走らねば消え入りそうな」と「水っぽいソーダ水」の繊細な響き合いからただ「ひとり」の感覚が伝わってきます。何もない「夏休み」のリアリティ。

次回は「コンビニエンスストア」をテーマにした作品と自由詠を御紹介する予定です。

次の募集テーマは「学校」です。卒業してから何十年も経っている人もいれば、生徒として、先生として、今通っている人もいますよね。自動車学校とかカルチャーセンターとか。色々な角度から自由に詠ってみてください。楽しみにしています。

また自由詠は常に募集中です。どちらのテーマも何首までって上限はありません。思いついたらどんどん送ってください。

テーマ

コンビニエンスストア

今回のテーマは「コンビニエンスストア」です。身近で詠いやすそうだけど、その一方でどこか発想が似てくるようですね。画一的なコンビニを詠って表現上の個性を生み出す、って意外に難しいことがわかりました。

コンビニにお好みソースが売ってない
ことできらいになった東京

（トヨタエリ・女・33歳）

「仕方なく、とんかつソースを買った」という作者のコメントがありました。関西とは消費量が違うから置いてないのかなあ。ただそれだけのことで、「東京」全体を「きらい」になってしまう心の動きにリアリティがありますね。一事が万事。

コンビニで待ち合わせする事になった時何となく君は外で待ちそう

（金井塚芽玖・女・24歳）

「以前知り合いが、炎天下にもかかわらず律儀にコンビニの外で待っており、絶対店内で待っているだろうなと思っていた自分との感覚の違いにとてもびっくりしたことがあります」との作者コメントあり。微妙な感覚の違い。だけど、その背後に大きなものを感じます。「コンビニ」の「外」で待つ「君」だけが行ける天国がありそう。

店員にクロワッサンと呼ばれてるいつもの僕を裏切って寿司

（木下龍也・男・25歳）

あんなに色々な商品が置かれていても、買う物って決まってしまいますね。「クロワッサン」は微妙にサンづけで面白い。

なぜ置かぬ置けば買うのにマヨネーズと辛いなにかを和えた具のパン

（和田浩史・男・27歳）

「辛いなにか」がなんとも云えないジャンク感を出しています。具体的にこれってことじゃなくて、「辛いなにか」ならなんでもいいってところがポイント。「なぜ置かぬ置けば買うのに」も心の中の言葉って感じが出てる。

いらっしゃいません0円になりますありがとうございません来て

（入退院千・男・25歳）

全国のお店で無数に飛び交う決まり文句が、ほんの少しずれただけで、異様なインパクトを生み出しています。決まり文句が狂うと世界が狂う。でも、パラレルワールドではこれが普通なのかも。

花柄の重い布団を抜け出して村に一つのコンビニに行く

（モ花・女・30歳）

「花柄の重い布団」がいい。その布団に象徴される古い世界を「抜け出して」、〈私〉は夜の「コンビニに行く」。けれどそこはまだ「村」の中なのです。

まっしろなきみの姿を目で追ってとっても静かなスノードーム

（junko・女・25歳）

「夜の発光してるコンビニを外から見るとなんだかひとの動きがゆっくりみえる」との作者コメントあり。なるほど。その感覚を譬えた「スノードーム」に惹かれます。硝子張りの素通し感もそれっぽい。

では、次に自由題作品を御紹介しましょう。

ドアの色変えられてもうふみくんの家を見つけることはできない

（ノート・女・30歳）

道順や番地や家の形が同じでも、「ドアの色」が変わったら、もう見つけられなくなるところがいい。それは子供だからか、或いは、人間とは異なる認識システムが搭載されているからだろうか。

「誰かナイフとナイフで食べている」フォークばかりの籠を見つめて

（鈴木晴香・女・31歳）

「私の夫はほっておくと、ナイフとナイフを平気で握ってしばらく気づかずにいます」

との作者コメントあり。「籠」に残された「フォーク」を見て気づくところがいい。「ナイフとナイフ」で食べる別世界が浮かび上がります。「誰か」はそこからやってきたのだろう。

プール参観百本の足がぺたぺたと日傘の前を横切ってゆく

（桃子・女・42歳）

「日傘」と「百本の足」だけが浮かび上がって、人間の本体は日差しの中に溶け込んでいるような夏の感覚。

セメダインメロンの味のふと香るきのう死んだのはわたしかもしれず

（くらささら・女・44歳）

そう云われると「セメダイン」の匂いと「メロンの味」は微妙に重なっているようで

す。そんなに遠いもの同士が結びつくなら、「きのう死んだ」あの人と「わたし」も入れ替え可能なのかもしれない。

肉眼で見なきゃと絶景ポイントで眼鏡をずらし掛けてはずらす

（高橋徹平・男・37歳）

「『こうしないと、この目で見たと言えない』と父は言っていました」との作者コメントあり。昭和の「父」っぽいなあ。「眼鏡」を通したらもう「肉眼」じゃないという冗談めいた潔癖さ。

真っ白に死んだ金魚の心臓はやっぱり真っ白なのかと問う

（シラソ・女・28歳）

私も「真っ白」になって浮かんでいる「金魚」を見たことがあります。眠っているような死に顔という云い方があるけど、その逆ですね。生と死が、赤から白という色の変化でくっきりと可視化されることの衝撃。

次回は「学校」をテーマにした作品と自由詠を御紹介する予定です。

次の募集テーマは「外国」です。「外国」といっても沢山ありますけど、実際に行った国、行ってみたい国、気になる国、またその国の料理や音楽など、なんでもＯＫ。「行ってみたいなよその国」という童謡もありましたね。「よその国」という云い方が懐かしい。色々な角度から自由に詠ってみてください。楽しみにしています。

また自由詠は常に募集中です。どちらのテーマも何首までって上限はありません。思いついたらどんどん送ってください。

テーマ

学校

今回のテーマは「学校」です。応募作を読みながら、忘れていた沢山のことを思い出しました。世代も地域もさまざまなのに、それでも「学校」は「学校」なんですね。

三階の教室の窓外からはどこかの授業ひそひそ届く

（斉藤さくら・女・30歳）

そう云えばそうだった。同じような箱の中に同じような生徒が座って、少しだけちがった話をきいている。「ひそひそ」によって、並行世界が混ざってゆく奇妙な感覚。

君にはちょっと難しかったかな？と先生は人差し指で陽子を消した

（鈴木美紀子・女・49歳）

「陽子を消した」がいいですね。「先生」はちょっとした言葉と指一本で、簡単に人間を消すことができるんだ。

ゆっくりと運ぶ牛乳壜たちがりろりろりろと鳴るのが嫌い

（原彩子・女・46歳）

「牛乳壜」って確かに「りろりろりろ」って鳴りますね。分厚くて丸い硝子同士の反響。耳がいいなあ、って云いたくなるけど、優れたオノマトペは耳だけじゃ書けないんですよね。

上履きで校庭に出る君たちはとっくに死んだと告げられるため

（苗くろ・女・27歳）

「どこの学校でも避難訓練で『遅い。これでは全員死んでいます』と言われているものらしいのが不思議です」との作者コメントあり。急いで逃げるための「上履き」、でも、こんな風に表現されることで、なんだか死者の証のように感じられてきます。

バナナはおやつに含まれます子猫は女子に含まれています

（九螺ささら・女・44歳）

遠足についての先生の言葉ですね。『○○はおやつですか？』『まとめていくらで買ったものの内の一つを持ってきたらただですか？』など、大人を消耗させる質問を延々とする子供たちです」との作者コメントあり。「遠足」という非日常が混入することで、子供たちのテンションは上がってゆく。でも、作中の先生はもっと凄かった。

缶製の筆箱おとす悪戯で、先生泣いた
私も泣いた

（蜜・女・16歳）

「みんなでやりました。小学校二年生のときです。こんなことになるなんてと後悔と同時に呆然とした記憶があります」との作者コメントあり。「先生泣いた　私も泣いた」の響き合うような対句表現がいいですね。「缶製」も効いている。

地下にある防空壕を見に行こう君の手
はちょっとミルクの匂い

（鈴木晴香・女・31歳）

ちょっとした冒険。でも、「防空壕」と「ミルク」の組み合わせがどこか性的な匂いを放っています。そういえば、昔、ラベンダーの香りによって時間を超えてしまう少女がいましたね。

では、次に自由題作品を御紹介しましょう。

ねえ電車ごっこも脱線するんだよ赤ちゃんが線路にいるからです

（藤本玲未・女・24歳）

この論理に衝撃を受けました。ベタなことを云えば「ねえ恋愛ごっこも挫折するんだよ赤ちゃんが子宮にいるからです」みたいな読み替えもできそうだけど、それだけでは説明のつかない魅力があります。

足のひとさし指にある感覚は手の中指のそれと似ている

（大学4年・女・22歳）

「たとえば自分の足のひとさし指を握ったときに足のひとさし指が感じるものを手指にたとえるならひとさし指ではなく中指の感覚に近い。ちなみに私の足の中指は手指で言うなら中指と薬指を混ぜたくらいの感じで、親指、薬指、小指はそれぞれ正しく親指、薬指、小指に対応している」との作者コメントあり。云われてみれば、私も大体そんな感じです。しかし、短歌にしようと思ったことはなかったなあ。身体感覚の小さなズレをキャッチして作品化したところが素晴らしい。

余るものはいらないものだ　ひとりだと全ての時計が壊れて見える

（三日月・女・17歳）

「ひとりだと全ての時計が壊れて見える」って感覚が新鮮。私もひとりだといろいろなものが壊れて見えます。その根本にあるのは、全ての滅びを支配する「時計」だったのかもしれません。

わからないわからないけど顔らへん納豆の糸顔らへんふわり

（小坂井大輔・男・33歳）

「顔についた納豆の糸はどこにあるかわからないけど確かにある」との作者コメントあり。わかります。その事実を単純に詠っているのではなくて、「顔らへん」という独特の言葉の繰り返しが面白いリズムとニュアンスを作り出しています。

まっくろいおりがみを窓に貼られた電車に乗って私は帰る

（シラソ・女・28歳）

外は夜なんだろう。でも、「まっくろいおりがみを窓に貼られた」と思い込んでしまう。そんな心がある。

次回は「外国」をテーマにした作品と自由詠を御紹介する予定です。

次の募集テーマは「犯罪」です。いろいろあるよね。殺人と二人乗りとインサイダー取引じゃ、ぜんぜん違う。国によっても基準が違う。法律とは関係なく、自分にとっての「犯罪」ってものもありそう。

私が犯すとしたら、してはいけないことをするんじゃなくて、しなきゃいけないことをしないタイプの罪だと思います。家族の死亡届を出さないとかね。ずっと死体と暮らしていたなんて話をきくと、とにかく面倒臭かったんだろうなあ、と思います。その気持ちはわかる。色々な角度から自由に詠ってみてください。楽しみにしています。

また自由詠は常に募集中です。どちらのテーマも何首までって上限はありません。思いついたらどんどん送ってください。

テーマ 外国

今回のテーマは「外国」です。「外国」を詠うことで結果的に日本が照らし出されている、そんな歌にも惹かれました。

叫んだのフロムジャパンと、唇はフクシマと動くのに夢だった

（横山ひろこ・女・47歳）

夢の中では、いろいろなものがズレたままで、そのくせ目覚めているときよりも生々しい命に触れているようです。世界に向けて発された言葉にならない言葉、「フクシマ」の草や木や空が叫んでいるような感覚にうたれます。

しりとりに命かけてた小3の僕に衝撃与えし〃ンジャメナ〃

（タカノリ・ニシダ・男・23歳）

「ンジャメナはアフリカのチャドという国の首都です」という作者のコメントあり。世界は広い、ということをたった一つの言葉から実感させられます。谷川俊太郎さんがテキストを書いた『んぐまーま』っていう絵本があるんだけど、やはり日本語の枠組みからの逸脱が意図されているようです。

ステンレス製のトレイにうつくしくマッシュポテトは打ち付けられる

（木下龍也・男・25歳）

「外国の映画の刑務所のシーンでコックさんが囚人のトレイにマッシュポテトを乱暴に落とすあの感じが好きです」との作者コメントあり。丁寧に盛り付けられる、という日本の感覚とは真逆の荒涼とした美しさ。

ひとすじの切り取り線を青空に残して
あなたは行ってしまった

（奥村沙織・女・27歳）

「切り取り線」は飛行機雲でしょうか。美しいけれど何故か切ない譬喩《ひゆ》に惹かれます。

アメリカンロックをかける俺の部屋中
国製のブーツが並ぶ

（小林晶・女・31歳）

「日本人で日本にいても、外国の影響を受けている」との作者コメントあり。そのコラージュ感というか、何でも寄せ集め感こそが日本、という気持ちにすらなりますね。島国だから逆にそうなったのかなあ。「ブーツ」にリアリティを感じました。それ自体ももともと西洋のものだよね。でも「中国製」。

両翼をひろげる機体は雲を割きトランクに閉じ込めしトランプ

（むかいはたち・女・24歳）

まるで「トランプ」が雲を割いて飛んでいるような感覚が生まれています。実際には暗い「トランク」の中に閉じ込められているのに。「トランク」「トランプ」という音の繋がりも面白い。

電線の無い国の空とまれない雀がこぼれ団栗になる

（九螺ささら・女・44歳）

「電線」と電柱、日本にはまだまだありますね。「あれが無いと、雀は空にとまれない。空からこぼれて団栗に、なるしかなくなってしまう」という作者コメントがありました。「団栗」への変身という発想がユニーク。

では、次に自由題作品を御紹介しましょう。

「もう年をとるんじゃないよ」と穏やかに見知らぬ人が囁く終電

（三日月・女・17歳）

「奇しくもそれは14歳最後の日で、あれ以来ずっと年をとれてる気がしません」との作者コメントあり。素晴らしいですね。「14歳最後の日」がわかるのは天使か悪魔か、それとも単なる変質者だったのか。現実を詩に転化する眼差しの強さ。

明けていく自分の部屋はいるけれど自分の家は欲しくないです

（大村咲希・女・17歳）

「部屋」は必ず「家」の中にあるという常識を覆して、だからこそ胸に響くものがありますね。「家」という言葉の意味の広さをうまく生かしています。

爆心地また爆心地放課後は君の足跡ばかり見ている

（木下侑介・男・28歳）

「足跡」の一つ一つが「爆心地」なのか。〈私〉にとっての「君」という存在の凄さが鮮やかに表現されています。

犬の真似するからみて空はまだ灰色だからわたしをみてて

（藤本玲未・女・24歳）

青春の緊迫感。「空はまだ灰色だから」という無意味にも見えるフレーズに、ひりひりするような切実さを感じます。

卵二個白身が一つになる様を黙って二人で見つめてた夜

（美那子・女・22歳）

そういえば、「白身」は「一つ」になるけれど、黄身はいつまでも分かれたままですね。「二人」の運命は果たしてどちらなのか。暗示的な歌。

唇をつけないように流し込むペットボトルの水薄暗い

（鈴木晴香・女・31歳）

「夜中に冷蔵庫の水を飲むとき、コップを使いたくなくて、たまにずるいことをするんです」との作者コメントあり。きちんとコップで飲むのではなく、堂々と「ペットボトル」に「唇」をつけて飲むのでもない。密かな飲み方に世界が揺らめくような魅力が宿りました。

次回は「犯罪」をテーマにした作品と自由詠を御紹介する予定です。

次の募集テーマは「ぬるぬる」です。この言葉を入れてもいいし、入れずに「ぬるぬる」なものを詠ったり、その感覚を表してもＯＫです。私にとって最も身近な「ぬるぬる」は、毎日点《さ》してる目薬かなあ。眼球の中になるべく長く留まっているように、わざと「ぬるぬる」したとろみがつけられてるんです。色々な角度から自由に詠ってみてください。楽しみにしています。

また自由詠は常に募集中です。どちらのテーマも何首までって上限はありません。思いついたらどんどん送ってください。

犯罪《テーマ》

今回のテーマは「犯罪」です。引き込まれる歌が多くて、どきどきしました。

来てくれてサンキュ、とちいさく手を振った。傍聴席で見つめる夫に

（鈴木美紀子・女・50歳）

〈私〉は被告なんでしょうね。具体的な罪状はわからない。でも、「来てくれてサンキュ」の奇妙な軽さに危ういものが感じられる。「夫」が来たことがちょっと意外そうな〈私〉の意識は、既に人間界から逸脱し始めているんじゃないか。同じ作者による「眠くなる成分が微量に含まれています。わたしの唾液に」の深い陶酔感もよかった。

エキストラバージンオリーブオイルを
シェイクしてシェイクして立ち去る
（小川千世・女・24歳）

面白いですね。透明な犯罪というか。時間が経てば、その痕跡は消えて、何も無かったことになる。生身の「バージン」を「シェイクしてシェイクして立ち去る」イメージが重なるようです。

灼熱の中央線が通過する駅であなたが
吊るされていて
（藤本玲未・女・24歳）

異様な迫力ですね。白昼夢か、それとも世界が変容してしまったのか。〈私〉は電車の中から吊るされる「あなた」を見たのかなあ。「灼熱」の一語が、日常の上に西部劇の世界が重なるような感覚を強めています。

肉売り場魚売り場は寒いから手をつないでも犯罪じゃない

（トヨタエリ・女・34歳）

スーパーマーケットの光景でしょうか。「肉売り場魚売り場」が「寒い」のは、死体置き場だから。その中で生きている者同士が「手をつなぐ」ことは「犯罪じゃない」。でも、「肉」と「魚」に対しては無罪とは云えないだろう。

誰のハートも盗まずにきて真夜中のくらい光に指をひろげる

（虫武一俊・男・32歳）

孤独の魅力。「真夜中」の闇ではなくて「くらい光」というところに不思議な生々しさが宿っている。春日井建の「ヴェニスに死すと十指つめたく展きをり水煙りする雨の夜明けは」を連想しました。

欠席のはずの佐藤が校庭を横切っている何か背負って

（木下龍也・男・25歳）

何気ない光景。でも、どこか怖い。「欠席のはず」「何か背負って」というちょっとした違和感の中に、惨劇の前兆めいた不穏さが潜んでいるようです。「何か」の正体を知ったときは、たぶんもう遅い。

乱杭歯むき出しにして兄ちゃんが「グレーゾーンだ、だから手伝え」

（山城秀之・男・48歳）

具体的な状況はわからない。でも、「グレーゾーン」に変なリアリティがあります。本当は「グレー」どころか明らかにやばそう。「乱杭歯」だしね。

ねりけしを握って走った冬にもう地獄と決めたからいいの、愛して

（こゆり・女・29歳）

幼い頃の万引きのイメージでしょうか。〈私〉はもう「地獄」に墜ちるから、さらに罪を重ねても同じこと。だから「愛して」、という論理に惹かれます。「愛」は罪なんですね。

では、次に自由題作品を御紹介しましょう。

(7×7＋4÷2)÷3＝17

（杉田抱僕・女・18歳）

『かっこなな／かけるななたす／よんわるに／かっことじわる／さんはじゅうなな』

と読んでください。きっちり音数を合わせて式を成立させるのに苦労しました」との作者コメントあり。面白いですね。短歌だと気づかれない短歌。四句目の「かっことじわる」に数字が一つも含まれないところがなんだか恰好いい。

きっと君の本当の彼女もよく動くその喉仏に触れるのでしょう

（鈴木晴香・女・31歳）

「本当の彼女」に目が吸い寄せられる。じゃあ、〈私〉はなんなんだろう。「嘘の彼女」か。「喉仏に触れる」とあいまって、危険な愛の感覚に充ちている。

砂時計おちてゆくのがこわくって横にしたまま夕やけを見る

（寒北斗・女・35歳）

「横」にした「砂時計」と空の下方に広がる「夕やけ」は少し似ている。時の流れに怖《おそ》れを感じて、それを止めるお呪《まじな》いをしても、「夕やけ」の姿は止まることなく変化してゆく。それを見るとき、たぶん〈私〉は怖さを忘れている。

雪踏めばうぶ声みたいな音がして僕は全てを失ってゆく

（高橋徹平・男・37歳）

「雪」は今までの「全て」を埋め尽くす。それを踏む「音」は、新しい純白世界の「うぶ声」なのか。その眩しさと「僕」の喪失感の対比が美しい。

おしっこが尿道から出ていくように愛が口からでるのせんせい

（大村咲希・女・17歳）

「愛を口にしすぎるとだんだん反応が冷やかになっていくけど、生理現象なんです」との作者コメントあり。かっこいい。「愛」と「おしっこ」の同一視に突き抜けた自由さを感じます。

次回は「ぬるぬる」をテーマにした作品と自由詠を御紹介する予定です。

次の募集テーマは「憧れ」です。憧れの人、憧れの服、憧れの食物、憧れの国、憧れの時代、憧れの行為、憧れの言葉。僕の憧れは窓から森と湖が見える家かなあ。身近なところでは床暖房。足が冷えやすいので。色々な角度から自由に詠ってみてください。楽しみにしています。

また自由詠は常に募集中です。どちらのテーマも何首まででって上限はありません。思いついたらどんどん送ってください。

テーマ

ぬるぬる

今回のテーマは「ぬるぬる」です。ちょっとむずかしかったかなあ。「ぬるぬる」＝生命という見方の歌が幾つかあって、なるほどと思いました。生命がなくなるとかさかさになっちゃうもんね。

烏賊の身に差し込む指のうすあおい血
にはかすかに鋼の匂い

（原彩子・女・46歳）

感触、色、匂い。五感のうちの三つを連動させて生々しいぬるぬるが詠われています。感触はぬるぬるなのに匂いは硬い「鋼」のもの、というギャップに詩を感じます。

山芋やオクラやなめこを食べるとき男はなにか思うのだろうか

（ひじり純子・女・58歳）

「男は」に意表を衝かれました。どうしてそこで唐突に性別が出てくるのか。「山芋やオクラやなめこ」＝ぬるぬる＝精のつく食べ物ってことかなあ。私は特に何にも思わないけど、そう云われると、じゃあ、女はなにを思うんだろう、と考えてしまいました。

桃太郎「(二匹目にきた…猿じゃない…ぬるぬるしてる…未知のいきもの…)」

（柳本々々・男・31歳）

「くるはずの猿がこなかった。よくわからない猿とはちがういきものが二匹目として家来についた予定調和崩壊のうたです」という作者コメントあり。それはいいけど、どうして昔話なんだろう。面白いなあ。光り輝く竹の中からぬるぬるが出現とか。竜宮城で美しいぬるぬるが歓待とか、いろいろなバリエーションがありそうです。

腐食した町に今でも母はいて洗濯物はぬるぬるしている

（高橋徹平・男・37歳）

「腐食した町」って故郷のことでしょうか。〈私〉はもう脱出してしまったんですね。残された「母」と「ぬるぬる」の「洗濯物」に、切なさを感じます。

君の文字じいっと見つめるペンの跡私にだけは動いて見える

（モノコ・女・24歳）

「ノートに書かれた、片思いの男性のボールペンの文字が、それすらも魅力的に見えて、じいっと眺め続けていたらぬるぬる動き出した」との作者コメントがあり。「私にだけは動いて見える」に愛の生命が宿りました。そういえば以前、クレー展に行ったとき、筆跡が動いたように見えたことがあったけど、あれも片思いだったのかなあ。

どなたかが代わりにぬるぬるして下さり玻璃の刺身に菊の花咲く

（キカミリオ・女・27歳）

「スーパーに並んでいるパックのお刺身を見て。裏では誰かがぬるぬる格闘しながら捌いてくれてるのだろうけれども、出来上がった刺身は無機物のように綺麗」との作者コメントあり。「代わりにぬるぬるして下さり」という視点がいいですね。我々は生まれてから今までに厖大なぬるぬるの借りがあるんだ。借金ならぬ借ぬるぬる。

では、次に自由題作品を御紹介しましょう。

ゼロなのか一九九九年に世界が滅亡した確率は

（井上閏日・男・38歳）

ノストラダムスの予言は外れた、と思っていたけど、この歌を読んで不安になりました。実はあの時「世界」は「滅亡」していて、この世界は幻、そこに生きる我々は亡霊なのかもしれない。

飼っているカエルの餌のコオロギが信じられない音量で鳴く

（石川明子・女・40歳）

「コオロギを飼っていたこともあるのに、カエルを飼ってしまったとたん、コオロギは餌になってしまう」との作者コメントあり。「餌」が「信じられない音量で鳴く」、その異様さに惹かれます。「餌」だと思わなければ普通のことなのに。

君は今きっと新しい恋をして新しくない手で触れている

（鈴木晴香・女・31歳）

上句から一転した「新しくない手で触れている」にどきっとしました。呪いのような怖さがありますね。同じ作者の「本当の涙は頬を落ちないで瞼の中を光らせるだけ」の潔癖な思い込みもよかった。

家中の鉛筆を折り尽くしたと話すあなたが育てるうさぎ

（大村咲希・女・17歳）

「とてもやさしくて家中の鉛筆を折り尽くしてしまった友人がいるんです」との作者コメントを読んで、はてなと思いました。どうしてやさしいと「鉛筆」を折るんだろう。「うさぎ」が食べちゃうからかなあ。うーん、謎なんだけど、なんらかの思い込みが生み出した現象に惹かれます。

きみじゃない人が選んだ歯ブラシをくわえるせかいへ目覚めてしまう

(鈴木美紀子・女・50歳)

この世界に目覚めるはずではなかった、という感覚。「きみじゃない人が選んだ歯ブラシをくわえる」という、どこか屈辱的な違和感の表出がリアル。

17になった私はこどもにもこどもにさえもなりきれなかった

(紺・女・17歳)

視点がユニーク。平仮名だらけの作中に「こども」には書けない漢字がひとつだけ出てきて、それは「私」ってところがいい。

次回は「憧れ」をテーマにした作品と自由詠を御紹介する予定です。

次の募集テーマは「ティッシュ」です。初めて「ティッシュ」という言葉を知ったのはいつだったろう。私が子供の頃は、ちり紙しかなかったと思います。近年はさらに高級化しているようですね。「鼻セレブ」っていうネーミングにびっくり。鼻だけセレブなんだ。風邪、鼻血、セックス、広告、ティッシュ配り、色々な角度から自由に詠ってみてください。楽しみにしています。

また自由詠は常に募集中です。どちらのテーマも何首までって上限はありません。思いついたらどんどん送ってください。

テーマ

憧れ

今回のテーマは「憧れ」です。魅力的な歌が集まりました。純度の高い憧れを抱けることは大きな才能だと思います。優れた表現って憧れから始まるんじゃないか。

「そうだ京都、行こう。」をゆめみる日常に牛丼などが横でつゆだく

（柳本々々・男・31歳）

「京都」と「牛丼」のギャップに潜む憧れ。JRのコピーの引用が効果的。さらに、なにやら動詞っぽくも見える「つゆだく」が面白いですね。

可哀想がるふりをしていたあこがれの人のインコが消えたお部屋で

（ゴニクロイ・女・33歳）

「インコが逃げた話を聞きながら、それを心にとめることが出来ずに他のことばかり考えていました」という作者コメントがありました。生々しいうわのそら感がいい。「インコ」なんてどうでもいい、というか、むしろ〈私〉にとっては敵だったのかもしれません。

教科書で圧縮されたピーナッツバターサンドをだるそうに食う

（木下龍也・男・26歳）

「学生の頃、友人が自分で作って持ってくるピーナッツバターサンドに憧れていました。母の手作り弁当を食べている自分がかっこ悪く思えました」との作者コメントあり。わかります。極端に栄養が偏っている上に潰れている。そんな「ピーナッツバターサンド」を、しかも「だるそうに食う」友の輝き。

あこがれの的の体験コーナーで順番が
来てあこがれられる

（実山咲千花・女・37歳）

短歌は普通は具体性を重視するんだけど、この歌の場合は「あこがれられる」が具体的にどうされることなのかさっぱりわからないところがいいですね。ただ静かに熱く見詰められるのかも。

マンホールにひとりひとつのぬいぐる
み置いてこの星だいすきだった

（藤本玲未・女・24歳）

「マンホールにひとりひとつのぬいぐるみ置いて」がお別れの儀式めいていて、けれど奇妙なリアリティがあります。「この星」の全員が死ぬのか、それとも宇宙へ脱出するのか。「だいすきだった」の過去形が切ない。

雷神の太鼓を浴びて風神の風呂敷に包まれ眠りたい

（ヒポユキ・男・50歳）

「風神」が持ってるのは「風呂敷」ならぬ風袋らしいけど、面白い感覚ですね。ぼろぼろの生命を甦らせるような深い眠りが得られそう。

スーパーの前の根雪に陣取れるパグに待たるる人に憧る

（岡村還）

待たれることへの憧れ。人間はスマホを見たりするけど、犬はひたすら待っててくれるもんね。「根雪」が臨場感を生んでいます。

カバーなく超能力の開発本読むＯＬと終点まで行く

（高橋徹平・男・37歳）

「ＯＬ」の「超能力」への憧れではなく、そういう「ＯＬ」と「終点まで行く」ことへの〈私〉の憧れと読みました。マニアックさに共感。「カバー」なしで読んでるのはかなりだと思います。

車いす押して海辺を歩きたい記憶喪失のあなたを乗せて

（鈴木美紀子・女・50歳）

「あなた」自身からも「あなた」を奪ってしまうような、完全な独り占めへの甘美な憧れ。怖いですね。

では、次に自由題作品を御紹介しましょう。

JRが上に伸びれば1890円で宇宙に行ける

（ななみーぬ・女・21歳）

「地上から宇宙までは100㎞で、これはJRの線路に換算すると1890円で行ける区間だそうです」との作者コメントあり。宇宙といえば「光年」ってイメージだったから、衝撃を受けました。「JR」換算って発想がいい。また「1890円」の細かさが、面白さを増幅させています。

夢の中で君といっしょに遅刻したまだ処女の朝の設定だった

（こゆり・女・29歳）

どきっとしました。現在の恋人である「君」と何故か学校に「遅刻」するイメージ。

そのつぎはぎ感に惹かれます。「夢」とは壊れたタイムマシンのようなものか。

4日ほど誰とも喋らないでたら舌が数ミリ伸びた気がする

（はるの・女・27歳）

意表を衝かれたけど、体感的にわかるような気がします。齧《げっ》歯類の歯みたいですね。

地震予知警報が鳴る目の前の半熟卵を食べようか　食う

（木下ルルウォタ侑介・男・28歳）

その数秒が生死を分けるかもしれない。と云いつつ、実際には「地震予知警報」って鳴ってもどうしたらいいのかわからない。「半熟卵」を食う〈私〉を「地震」が食うかもしれない世界。

ごはん派とパン派の最終決戦にうどん参戦カレー観戦

（ウチヤマユウキ・男・29歳）

「カレー観戦」が効いている。「ごはん」「パン」「うどん」の中の誰が勝っても「カレー」は仲良くやれるもんなあ。

次回は「ティッシュ」をテーマにした作品と自由詠を御紹介する予定です。

次の募集テーマは「眼鏡」です。私は小学校一年生の時から掛けてます。「眼鏡猿」って悪口云われたっけ。昭和の子供だなあ。色々な角度から自由に詠ってみてください。楽しみにしています。

また自由詠は常に募集中です。どちらのテーマも何首までって上限はありません。思いついたらどんどん送ってください。

テーマ　ティッシュ

今回のテーマは「ティッシュ」です。自由詠も含めてハイレベル。この欄の常連投稿者の壁はとても厚いんだけど、それでも驚くような作品で新人が登場します。未知の才能はまだまだいるんですね。

筆圧を最弱にして一枚のティッシュに
十一桁を並べる

（木下龍也・男・26歳）

「ティッシュにお客さんの電話番号を書いたことがあります。0や8などカーブする数字を書くのは困難でした」という作者コメントがありました。すぐに使える紙がそれしかなかったんでしょうね。現実の出来事でありながら、何かの儀式めいた行為の奇妙さが、詩の世界を呼び出しているようです。

百歳が配るティッシュをスルーしてゲートボールへ向かう百歳

（岡野大嗣・男・34歳）

「いつかそういう日が来そうな気がします」との作者コメントあり。不気味な未来像ですね。現在と同じ社会システムのまま、年齢だけが上がっている怖《おそ》ろしさ。

箱の中暗い空間増えてゆくティッシュ一枚引き出すたびに

（西口ひろ子・女・47歳）

この歌を読むまで、「ティッシュ」を「引き出す」ことが「暗い空間」を増やす行為だと意識したことはなかった。誰にも見えない、けれど、確かに起きている出来事。

やわらかいティッシュは甘い　死神が
君を見つけた日は晴れていた

（百瀬灯・女・24歳）

この美しさはなんだろう。「甘い」から「やわらかい」のか。「晴れていた」から「死神が君を見つけた」のか。「君」が亡くなったから〈私〉は「ティッシュ」の甘さを知ったのか。それとも、全ては無関係なのか。ぎりぎりの繋がりが不思議な透明感を生み出しています。

男がなぜティッシュを消費するのかを
女になって初めて知った

（白木蓮・女・35歳）

「ティッシュ」とセックスを結びつけた歌も多かったけど、これを選びました。ポイントは「女になって」。一瞬「？」となるようなニュアンスの微妙さがいい。音数を調整させて貰いました。

生きているセミなら素手で死んでいる
セミならティッシュをはさんでつかむ
（つきの・女）

面白いですね。逆の人もいるんじゃないかな。死んでたら素手で触れるけど、生きてたら暴れるから「ティッシュ」が要るという。その方がたぶん合理的。掲出歌は「死」を避けようとする呪術的な意識の現れか。

マッチ売りの少女やパトラッシュのと
なりリアルにティッシュ配りする俺
（柳本々々・男・31歳）

街角で「ティッシュ配りする俺」は、「マッチ売りの少女」や「パトラッシュ」の仲間。ただ存在の次元が違うんだ。「パトラッシュ」「ティッシュ」という音の類似もいいですね。

では、次に自由題作品を御紹介しましょう。

ウィンカー出さずにキミが曲がるたび
世界に二人だけの気がした

（みつこ・女）

「世界に二人だけ」なら信号を守る必要はない。もちろん「ウィンカー」を出すこともない。その甘美な孤独感。「ウィンカー」を出さないことがそんな幻の世界を作り出す。

生きていく理由はいくつおつけしますか？　産まれた意味はあたためますか？

（栗原夢子・女・20歳）

コンビニなどで弁当を買った時の決まり文句の上に、「生きていく理由」「産まれた意味」が被せられている。人間の「生」の日常と本質が二重になった問い掛けに衝撃を受けました。

どこかしら壊れてるんだろう俺は子どもにやたら見つめられます

（えむ・女・24歳）

「子ども」に見つめられるという体験から、「どこかしら壊れてるんだろう」が導き出されるところが素晴らしい。唐突で、変で、けれども当たっているような。

この製品に使われている魚介類は、えび・かにを食べています

（がぶがぶ・女・30歳）

「〝ビッグカツ〟という駄菓子の袋の注意書きです。カツなのに原材料が魚介類。その魚介が具体的に何かは書いていないのに、エサだけ具体的。変です」との作者コメント

あり。確かに。世界が捻れるような感覚が結果的に詩を生み出しています。「えび・かに」アレルギーの人向けの注意書きなのかなあ。きっちり三十一音になっているところがいいですね。

君の目を正気で見ているやわらかなふくらみを胸にぶらさげてるのに

（外海紺・女・21歳）

与謝野晶子の「やは肌のあつき血汐にふれも見でさびしからずや道を説く君」の逆バージョンですね。「正気」の悲しみに胸を打たれます。

みんなみんな妊娠してる春の日の胎教講座後のロッテリア

（三上春海・男・22歳）

「見ました」という作者コメントあり。この中で妊娠していないのは僕だけ的な「春の日」の「ロッテリア」。その異空間性に惹かれます。

次回は「眼鏡」をテーマにした作品と自由詠を御紹介する予定です。次の募集テーマは「靴」です。誰でも一足は持ってるよね。色々な角度から自由に詠ってみてください。楽しみにしています。

また自由詠は常に募集中です。どちらのテーマも何首までって上限はありません。思いついたらどんどん送ってください。

テーマ

眼鏡

今回のテーマは「眼鏡」です。恋愛やセックスに関わる歌が多かった。「眼鏡」と性愛の感覚は意外なところで繋がっているようです。

僕の目に飛び込んでくるはずだった虫がレンズに跳ね返される

（木下龍也・男・26歳）

普段は意識しないような日常の小さな出来事。でも、こんな風に言葉で表現されると、何故だか愛の歌に見えてくる。

七月に君が眼鏡をかけて以後好きです以前は覚えてません

（鞄・女・17歳）

それは「君」じゃなくて「眼鏡」が「好き」なのでは、と読者に突っ込みを入れさせた時点で、この歌は成功しています。正確には「君」＋「眼鏡」による心の化学変化なのでしょう。「以前は覚えてません」がまたいい。

七月に君が眼鏡をかけて以後好きです以前は特になんとも

（改悪例）

この改悪例と比べてみると、原作の突き抜けた魅力がよくわかります。

友達の遺品のメガネに付いていた指紋を癖で拭いてしまった

（岡野大嗣・男・34歳）

「ぼんやりして拭いてしまい、取り返しのつかないことをしてしまったことに鳥肌が立った」との作者コメントあり。日常の裂け目のような一瞬。物理的な次元ではただ「メガネ」を拭いただけなのに。

恋人をやめた時から君の目を眼鏡越しでしか見られなくなる

（鈴木晴香・女・32歳）

「近づいて、目をじっくり見ることができるのは恋人の特権」との作者コメントあり。透明なレンズ一枚分の隔たりの有無が、二人の関係性にとっては決定的なんですね。

溜まってる君の獣の割合を眼鏡をはずすタイミングで知る

（田島晴）

「眼鏡」と性愛的な衝動との連動。「溜まってる君の獣の割合」という冷静な表現が面白いですね。

各部屋に老眼鏡が置いてある三年ぶりに帰った実家

（トヨタエリ・女・34歳）

喜怒哀楽などの感情は一切示されていない。ただ、「老眼鏡」についての事実が書かれているだけ。そこに〈私〉の思いが宿った。

花嫁は眼鏡を外し一日中モヤの中にいたずっと昔

（ひじり純子・女・59歳）

「ずっとメガネをかけている私はかなりひどい近眼でしたが、結婚式の日はメガネなしで過ごしました。不安だったと思うのですが、記憶はありません」という作者のコメントがありました。今日だけは美しくありたい。幸福なのか不安なのかわからない。未来が見えない。最愛の人が横にいても一人。そんな「花嫁」の感覚が瑞々しく伝わってきます。

では、次に自由題作品を御紹介しましょう。

「絶対」と名付けた犬に行き先を決めてもらってやっと進める

（黒夜行・男・31歳）

私も言葉を持たない「犬」や猫の行動の確かさに憧れることがあります。言葉で考えれば考えるほど、判断の精度が下がっていくような気がして。と云いつつ、「絶対」という「名付け」もまた言葉によるもの。

止まりなさいそこのくちびる止まりなさい路上接吻禁止地区です

（小坂井大輔・男・33歳）

「止まりなさいそこのくちびる止まりなさい」は、パトカーの決まり文句のパロディか。仮に、これが次のようだったらどうでしょう。

やめなさいそこの二人やめなさい路上接吻禁止地区です

（改悪例）

面白さが消えてしまいます。一方、原作からは、人間同士ではなく、「くちびる」と「くちびる」が互いに求め合うようなシュールなイメージが浮上してきます。

冷蔵庫茗荷がするり落ちてきて遊んでるよな気になる早朝

（イヌタデ・女・25歳）

「茗荷」に妙なリアリティがある。そんな時に「するり」と落ちてくるのは、確かに「茗荷」って気がします。

友達の父が死んだと聞かされて我が父の靴を眺め見た夜

（野田美慧・女・14歳）

「父」ではなく「父の靴」を見るところがいいですね。生身の「父」はあまりにも命の塊でありすぎて、逆に存在の実感が湧かないのかも。「あの子が早退した理由は、お父さんが死んだからだった。その日家に帰ると、お父さんの靴がなんだか光って見えた」との作者コメントも印象的。

弁当に水気があるの嫌だった水を切るわけにもいかないし

（浦島ナポレオン銀行・男・32歳）

その件について誰かと話し合ったことはなかった。それ以前にはっきりと意識化したこともなかった。この歌に出会って初めて、そうか、確かにそれあるな、と思った。ドライヤーをかけるわけにもいかないしね。

次回は「靴」をテーマにした作品と自由詠を御紹介する予定です。

次の募集テーマは「電車」です。通勤、通学、ホーム、切符、駅弁、乗り換え、終電、優先席、踏切、アナウンス、車内販売、キオスクなど色々な角度から自由に詠ってみてください。楽しみにしています。

また自由詠は常に募集中です。どちらのテーマも何首までって上限はありません。思いついたらどんどん送ってください。

テーマ

靴

今回のテーマは「靴」です。帽子や手袋や眼鏡とはちがって、ほぼ全員がもっている。町に出れば無数の靴がその上に無数の人生を乗せて縦横無尽に歩き回っています。そんな特性を生かした歌が多く寄せられました。

火葬場に靴靴靴が集合しひとり裸足で来た祖父がいる

（木下龍也・男・26歳）

「靴」の有無から生の本質が直観されています。「玄関に靴並びをりみどりごは抱かれくるゆゑまだ靴はなし」（高野公彦）を連想しました。生まれたての人間と死んでしまった人間の共通点は「靴」が要らないってこと。

天井に靴跡のある病棟でマーブル模様の錠剤を呑む

（鈴木美紀子・女・50歳）

「精神科の天井にくっきりと靴の跡がありふしぎでした」という作者のコメントがありました。静かな怖さがありますね。どこか幻覚めいた雰囲気が「マーブル模様」によってさらに強められているようです。

ぼうっとして右と左を間違えたそれだけで靴は私を拒む

（井上鈴野・女・50歳）

誰もが知っている日常の体験を「靴は私を拒む」と表現したところがいい。身体感覚が生きています。私たちを取り囲む世界というシステムの精密さ。

エレベーター乗る前に脱いできたとい
うじいじいの靴が一階にある

（鈴木晴香・女・32歳）

「マンションの境界線を誤ってしまうおじいさん」との作者コメントあり。生きることは無数の判断の連続。ちょっとでも能力が落ちると、たちまち自らの世界像と外界がズレてしまう。その一方で、「エレベーター」に裸足で乗る行為には奇妙な自由さも感じます。

上履きのまま西日差す校庭に避難訓練
横顔きれい

（モ花・女・31歳）

そういえば、「避難訓練」の時は「上履きのまま」でした。「訓練」だから本当の非常事態ではない。でも、ちょっとした非日常。だからこそ、その中で見る「横顔」は、いつもより「きれい」なんだろう。

いつからか順位が変わり玄関の一番小さな母さんの靴

（立原碇・女・56歳）

目に見えないはずの時間の流れが、「靴」の大きさを通して可視化されています。

自分のことちょっと大事にするために健康サンダル5秒だけ履く

（松本香織・女・23歳）

「痛すぎていつも5秒と持たないです」との作者コメントあり。「自分のこと」を「大事」にしたいという思いは、それなりに切実なものだろう。でも、「5秒」ではほとんど無意味。そのギャップに、生のリアリティが宿っています。

こっそりとあなたの靴を履いてみる死んださかなを踏んだようです

（原彩子・女・47歳）

「靴」＝「さかな」とは、主に形と大きさからの連想か。「あなたの靴を履いてみる」のは奇妙な、けれど、おそらくは愛の行為。どうでもいい「あなた」なら、その「靴を履いてみる」ことはないだろうから。「死んださかな」に裏返しの思い入れが感じられます。

では、次に自由題作品を御紹介しましょう。

一日に三回ドトールに行ったじぶんのことをだめだとおもう

（古賀たかえ・女・34歳）

突き刺さる説得力。私もやりそうです。スタバでもすき家でも富士そばでもなく「ドトール」というところが絶妙。最も無色透明で純度の高い「だめ」さが表現されています。

ノーパンで外を歩けば太陽が私のあとを追いかけてくる

（トヨタエリ・女・34歳）

「ノーパン」の突き抜け方が素晴らしい。これがミニスカートとかノースリーブでは、「太陽」を動かすには弱いだろう。「ノーパンには、スカートが基本」との作者コメントがありました。

同罪だ。魚肉ソーセージのビニールを咬み切るわたしと見ているあなた

（鈴木美紀子・女・50歳）

些細といえば些細な行為だけど、何かが凄まじい。駄目さ、セクシーさ、そしてマイナスの絆の生々しさだろうか。「魚肉ソーセージのビニール」を咬み切ったのが例えば男性である「あなた」なら、二人は無罪だったのか。

終電のトイレにしらすが落ちていた。かみさまだっていきものなのか。

（秋元若菜・女・18歳）

世界の細部に目が釘付けになる。「終電のトイレ」に「しらす」を落としたのが人間だとしたら、この世界に人間を落としたのは「かみさま」なんだろう。

カッターで三角定規に先生の名前をきざむ雪の教室

（藤本玲未・女・24歳）

「カッター」「三角定規」「先生の名前」「雪の教室」、それぞれが結びついて響き合う感覚が美しい。


次回は「電車」をテーマにした作品と自由詠を御紹介する予定です。

次の募集テーマは「名前」です。自分の名前、家族の名前、恋人の名前、ペットの名前、お店の名前、香水の名前、名札、命名、名付け親、あだ名、偽名、芸名、戒名など色々な切り口がありそうです。自由に詠ってみてください。楽しみにしています。

また自由詠は常に募集中です。どちらのテーマも何首までって上限はありません。思いついたらどんどん送ってください。

テーマ

電車

今回のテーマは「電車」です。日常の乗物としてのイメージが共有されつつ、でも、地域や時代によって意外に違いがありますよね。こないだ旅先で乗った電車はボタンを押してドアを開けるタイプでした。遠くに来たって実感が湧きました。そんな共有性とズレの感覚が、集まった作品にも表れているようです。

擦りきれた天鵞絨の席　座るときズボンの膝を軽く持つ父

（原彩子・女・47歳）

そういえば昔の電車の座席は擦り切れていました。「座るときズボンの膝を軽く持つ」

という描写にノスタルジックな臨場感があります。現代のビジネスマンよりも丁寧な所作というか。帽子を被っていそうな「父」のイメージ。

改札にオカモトのゴムが落ちていて5W1H誘う

（柳本々々・男・31歳）

「改札」と「ゴム」のギャップに、ぎょっとしますね。いつ、どこで、だれが、なにを、なぜ、どのようにしてこうなったのか。頭に閃いた疑問のことを「5W1H誘う」と表現したのもいい。短歌の音数から考えて「誘う」の読みは「いざなう」だと思います。

キラキラとアンモナイトにかこまれてふたりのメトロが加速してゆく

（鈴木美紀子・女・50歳）

地上の電車ではなくて「メトロ」というところがいい。周囲の地層には、たぶん沢山の「アンモナイト」の化石が埋まっているのでしょう。その中を「加速してゆく」ことによって、単なる場所の移動ではなく、「ふたり」だけの世界にタイムスリップしてゆくような感覚が生じています。

白鳥がこんな車両に乗ったならしなやかな首は砕けてまがる

（鳥海楓・女・24歳）

満員電車の歌かな。唐突に出てくる「白鳥」のイメージが鮮やかです。細くて長い「首」は確かに折れそう。満員とか混んでるとか書かずに、「こんな車両」としたところもうまい。

向かい合う場合進行方向に背中をむけて座るあげまん

（あさくらはるか・女・31歳）

ラストの「あげまん」に意表を衝かれました。「向かい合う場合」とあるから乗客が二人であることがわかります。つまり、相手を「進行方向」向きに座らせてあげるということかなあ。男を優遇して伸ばす「あげまん」。なんともユニークな視点です。

線路はつづくよどこまでもの題は線路はつづくよどこまでもだった

（九螺ささら・女・45歳）

面白いですね。「線路はつづくよどこまでも」と始まるあの歌の「題」がそのまんまだったということをそのまんま詠んだ短歌。

アパートの扉に鍵をかけている女性をオレが電車から見た

（工藤吉生・男・34歳）

「オレ」は確かに「見た」。でも、その「女性」は自分が見られたことを知らない。だからどうということはない。ただ、「オレ」が「電車」で通過してゆくだけの、一度も降りたことのない駅の「アパート」にも確かに誰かの暮らしがあるということ。

雑踏の中に通勤定期券　降りたことのない駅を結んで

（鈴木晴香・女・32歳）

「雑踏の中に通勤定期券」が落ちていたのか。そこに記された駅名は〈私〉が一度も「降りたことのない駅」同士を結んでいた。アプローチはぜんぜん違うけど、一つ前の「アパートの鍵」の歌とちょっと似ていますね。「全く違う人生があるらしい。でも確かにそこには人生があるらしい」との作者コメントがありました。

汽車で来た電車でしょって笑われたずいぶん遠くまで来ちまった

（北山文子・女・20歳）

「地元では線路を走る乗り物は全部汽車でした。都会に足を踏み入れてしまったな、と思いました」との作者コメントあり。「汽車」と「電車」、地元を離れて「ずいぶん遠くまで来ちまった」ことを〈私〉に痛感させたのは、モノの違いではなくて言葉の違いだった。

では、次に自由題作品を御紹介しましょう。

猫グッズだらけの店でもしかして犬好きですかと問いかけられる

（五十嵐えみ・女・28歳）

思わず笑ってしまったけど、ちょっと怖い。気がつけば猫好きたちにぐるっと取り囲まれて、返答次第では「店」から二度と出られないような。

空から小さな糞ふる町に会いにいく
きみの髪にも糞がついてる

（上澄眠・女・31歳）

「そんな夢を見ました」との作者コメントあり。ものすごく大量の鳥が「町」の上空を覆っているのかなあ。それとも純粋に「糞」だけが降ってくるのか。「糞」から逃げられない世界の二人。

次回は「名前」をテーマにした作品と自由詠を御紹介する予定です。

次の募集テーマは「初体験」です。先日、或る短歌大会の入選作としてこんな歌を見ました。「うれしいな都会の街を歩いてるとティッシュがもらえる大人になった」（藤巻美舞）。作者は中学生です。なんだか新鮮でした。自分は「ティッシュ」を渡されることに慣れきっていて、「うれしい」とは全く思えなくなっていたから。他にもいろいろな「初体験」がありそうです。自由に詠ってみてください。楽しみにしています。

また自由詠は常に募集中です。どちらのテーマも何首までって上限はありません。思いついたらどんどん送ってください。

テーマ

名前

今回のテーマは「名前」です。自分の本名を自分でつけた人はいない。世界のほとんどのものは既に名付けられている。つまり、私たちは無数の名前の中に、新しい一つの名前を与えられて生まれてくる。採りたい歌が多すぎてコメントが短くなりました。

呼び捨ててほしいと言えば黙り込む君と今夜はサーカスを見る

（鈴木晴香・女・32歳）

「君」が「黙り込む」のは、名前を「呼び捨て」ることで二人の距離が近づくのを怖れているのだろう。「サーカス」を、遠い夢を、一緒に見るのは平気なくせに。

この名前くれたひとには一回も呼ばれぬままで十九になる

（秋元若菜・女・19歳）

ひりひりと煌めくような切なさ。「十九」が効いている。そのまま二十歳を迎えたら、それなりに心が定まるような、それまでは揺れてしまうような、そんな感覚。

これでもう乗り過ごしても大丈夫どこで降りても同じ駅名

（実山咲千花・女・38歳）

名前と実体が逆転する発想が面白い。この論理でいくと、全員が同じ名前だったら、誰を愛してもいいことになる、のか。

あいうえお順に並んだ受験生　たぶんこの部屋全員「イトウ」

（伊藤千詠・女・30歳）

「センター試験の時、同じ高校で同じ名字の子をその教室の前の方に見つけ、私は後ろの方だったので、みんな同じだな、と」という作者のコメントがありました。神様の遊びのようですね。試験監督だけが非「イトウ」（いや、わかりませんけど）の小さな宇宙。

ほら起きて　母がそう言い呼んだのはつけたがってたもうひとつの名

（石田律子・女・25歳）

「うっかり、はーい、と返事をしてしまって、自分が誰なのか一瞬ぼんやりしました」との作者コメントあり。パラレルワールドのもう一人の〈私〉が目覚めてしまいそう。

旧姓に戻りし人を旧姓で呼ぶようにとの業務連絡
（岡村還）

「業務連絡」の奇妙な生々しさがいい。実体は一つなのに呼び名がばらばらだと、社会的な存在感がブレてしまう。それは「業務」上不都合なのだろう。

かあさんと思われるひとにちゃん付けで呼ばれるバス停とおいとおい夏
（ゆきのす・女）

「継母に育てられた母がほんとうのお母さんらしき人を見たのは、この一度きりだったそうです」との作者コメントあり。「ちゃん付け」に切なさがありますね。そして、永遠の別れの場所となった「夏」の「バス停」。

苗字など変わった君に電話してその凄まじさ、吹雪くモシモシ

（柳本々々・男・32歳）

「苗字」が「変わった」だけで、「君」が遠くなる。遥かな「吹雪」の彼方に行ってしまったように感じられるのだ。

では、次に自由題作品を御紹介しましょう。

夏が終わる終わると夏は一瞬で一番遠い季節になった

（石川明子・女・41歳）

秋を意識した瞬間に、あんなにも眩しかった「夏」が幻のように感じられる。そんな感覚が鋭く表現されています。

真空で死なない虫がいる　そんな些細なことでまだ生きられる

想像を超えた生き物が実在する。そう思うことで、閉塞感が薄らぐ。まだ見ぬ世界の可能性が広がるのでしょう。

（黒夜行・男・31歳）

老人を体験できるコーナーで老人が老人の体験をしている

「老人が老人の体験」をするのは予想外。「老人」の自覚がないのか、ただの暇潰しか、それともこれ以上老いたらどうなるのか、というシリアスな好奇心なのか。

（田中りょう・男・22歳）

この回は立ち読みをした回だなと単行本を読み返すたび

（新道拓明・男・24歳）

同じ「単行本」の中にあっても、その「回」だけが〈私〉の目には違って見える。我々の生においては結果が全てではなく、過程が意味を持っていることがわかります。

金箔を剝がす道具は干からびた兎の脚と決められている

（小林晶・女・32歳）

「金箔」と「兎の脚」の意外な出逢いが美しい。おそらくは現実の行為でありながら呪術的な振る舞いに見えます。

朝もやの中にかたっぽ靴がありあまった夜が逃げ込んでいた

（ティ・女・33歳）

実景から直観した幻想のリアリティ。確かに「靴」の中には小さな闇がありますね。あそこに「夜」が逃げ込んだのか。

世界が終わると呟く私の世界はなにも始まっていない

（セツ・女・20歳）

「私の世界」が始まる前に、この「世界」が終わってしまう。その焦燥、絶望、虚無の瑞々しさに裏返しの青春を感じます。

次回は「初体験」をテーマにした作品と自由詠を御紹介する予定です。

次の募集テーマは「忍者」です。変かなあ。外国の人は今も日本には「ニンジャ」がいると信じているらしいですね。「ゲイシャ」はいるけどね。自由に詠ってみてください。楽しみにしています。

また自由詠は常に募集中です。どちらのテーマも何首までって上限はありません。思いついたらどんどん送ってください。

テーマ

初体験

今回のテーマは「初体験」です。セックスから戦争まで、いろいろな歌が集まりました。

いま思えば変態だったあの人は文房具屋を継いだだろうか

（太田ユリ・女・28歳）

「初めてセックスした相手はいま思えば変態でした。文房具屋の息子でした」という作者のコメントがありました。なるほど。「変態」かどうか、初めての時はわからないですもんね。その後の体験が「あの人」の「変態」性を照らし出す。「文房具屋」とのギャップも面白い。

コンドームの名前と形と使い道が頭のなかでつながった瞬間《とき》

（タカノリ・ニシダ・男・23歳）

ヘレン・ケラーの「ウオーター！」みたいな感じですね。そうか、そうだったんだ、という閃きは世界全体との出逢いに通じる。初めて実際に「コンドーム」を使う時の衝撃よりも、ずっと大きいんじゃないか。

はじめての戦争なので不安ですちゃんと第三次できてますか

（井上閏日・男・38歳）

「ちゃんと第三次できてますか」とは鋭いアイロニー。第一次や第二次の経験者がいなくなった場所では、本当の「戦争」がどういうものか、誰も知らない。

したあとに世界が変わるわけもなく帰り道の街灯が暗い

（森響子・女・31歳）

「帰り道の街灯が暗い」に臨場感がありますね。「世界」が薔薇色になったりはしなかった。

万引きで連れて行かれた部屋は表彰状だらけで見ていたら来る

（伊舎堂仁・男・26歳）

「盗っ人も応接室に連れてこられるはめになるわけですが、きらきらしているトロフィーや、ふかふかのソファたちの空間が俺みたいなやつを迎える居心地の悪さとおかしさがありました」との作者コメントあり。殺風景な事務所とかじゃないところが、なんだか悪夢めいている。「見ていたら来る」の緊迫感もいい。

雨まみれずぶ濡れネズミで二人乗り
後にも先にもないこの鼓動

（えむ・女・24歳）

世界との出逢いという意味では、実は一瞬一瞬が初体験。でも、日常生活には慣れがあるから、我々はそれを知覚することができない。恋とか旅における非日常体験だけが「後にも先にもないこの鼓動」を実感させてくれる契機になります。

薄暗い九割マスクの電車内〈#いますこしゆれた〉のタグばかりもつ

（柳本々々・男・32歳）

震災の後の光景でしょうか。個人ではなく、人類にとっての初体験。まるでディストピアを描いたSFみたいだけど、紛れもない現実ってことに愕然とします。

ステレオの木目の扉開けるたびレコードスプレーひんやり匂う

（原彩子・女・47歳）

この短歌は読者を選びそう。私の世代には「木目」も「レコードスプレー」の匂いもよくわかる。初めて家にテレビが来た日、電話が来た日、エアコンが来た日、「ステレオ」が来た日、それぞれの記憶。今は最初から全て揃ってるからなあ。そして、「ステレオ」や「レコード」はもうないんだ。

前後ろどちらのドアから乗るかすらわからないバスを待つ憂鬱

（竹林ミ來・男・32歳）

旅先なんかで「バス」に乗る時、そういうことがありますね。自分以外はみんな知っている。ささやかな初体験のプレッシャーを楽しめるかどうかは性格によるみたいです。

では、次に自由題作品を御紹介しましょう。

ごめんねの手紙をこっちの隅で書くあのこはあっちで笑う図書館

（丸模様・女・47歳）

「こっち」は「ごめんね」と思ってるのに、「あっち」は笑っている。両者の思いのギャップが、切なさを生み出しています。

いつの間に死んだ金魚をいつの間に夫と子供が庭に埋めてる

（石川明子・女・41歳）

なんとなくホラーめいている。「夫と子供」という最も身近なはずの存在が「いつの間に」か何かをしていて、〈私〉だけがそれを知らない怖さ。「金魚」も家族の一員なのに。

おーと言うそのまわりではあーと言う生徒そこから離れて教師

（浦島ナポレオン銀行・男・32歳）

何が起きたのかはぜんぜんわからない。でも、その場の雰囲気はとてもよく伝わってきます。「おー」の方が「あー」よりも事件の核心に近い声なんだ。

温かい弁当を待つ長椅子のだれかの体温が気持ち悪い

（鈴木晴香・女・32歳）

「弁当」の温もりを求めつつ、その一方で「だれか」の温もりを「気持ち悪い」と思う。我々の心理の不思議。

箱ティッシュ取るたび蟻の群れがいる
虐殺し蟻の教科書に載る

（うさみや・男・17歳）

「蟻の教科書に載る」って発想がユニーク。写真付きで、大犯罪者として載るんでしょうね。

次回は「忍者」をテーマにした作品と自由詠を御紹介する予定です。
次の募集テーマは「宗教」です。人類の大テーマだけど、クリスマス、葬式、結婚式、初詣、おみくじ、お坊さん、断食、十字架、など身近な切り口もあると思います。自由に詠ってみてください。楽しみにしています。
また自由詠は常に募集中です。どちらのテーマも何首までって上限はありません。思いついたらどんどん送ってください。

忍者《テーマ》

今回のテーマは「忍者」です。手裏剣、くさりがま、まきびし、狼煙、くノ一、変わり身、分身、鎖帷子、クナイ、いろいろな歌が寄せられました。みんな詳しいなあ。あ、忍犬はなかったかな。

ルーシーに「忍者って、いるの？」と聞かれ「少なくなった」と答えるわたし

（九螺ささら・女・45歳）

「もちろんいるよ」と答えるよりも、ずっとリアルでいいですね。「ルーシー」も目を輝かせたに違いない。

手裏剣がぶつかり合ってお互いに一目ぼれする忍者の出会い

（八号坂唯一・男・30歳）

「キーン！」「おっ」「むっ」。必殺の「手裏剣」が初めて破られた。その瞬間、「できる……」と互いに思いながら、闇の中で二人は愛に似た感情を抱くのだろう。どんな言葉よりも確かに、忍者という存在の全てを懸けた「手裏剣」が、それぞれの〈私〉を証している。

「拙者は」と主語が変わった渡辺がくさりがまを手にコンビニにいる

（柳本々々・男・32歳）

人間の心が一線を越える時ってこんな感じかもしれません。実際に「くさりがま」を手にする前に「主語」が「拙者」に変わっていたのに、周囲の人々は変だなと思いながらも流していた。でも、その時点で「渡辺」はもう向こう側の人になっていたんだ。

文集の将来の夢二組だけ「くノ一」の女子が六人もいた

（石川明子・女・41歳）

「二組だけ」がポイント。「くノ一」は局地的で、しかも一時的な流行だったんだ。後から読み返したら本人たちも「？」と思うに違いない。それでこそ「文集」。

いつもよりポニーテールを高く結い忍者みたいと言われておりぬ

（モ花・女・31歳）

「ポニーテール」と「忍者」のギャップがいい。ちょっとした位置の違いで世界ががらっと変わってしまった。「忍者みたい」な女子、魅力的だと思います。

「しゅるけん」と投げるまねする低能な男子が同じ誕生日だった

（原田・女・41歳）

凄い「男子」っぽさ。そういえば「しゅるけん」は間違え方の王道でした。漢字を知らないことが丸わかりだ。

「1人でも死んだらあげろ」と言われた狼煙を、僕はあげたくはない

（蜜子・女・17歳）

忍者の掟に従えない心。「狼煙」を上げることによって、仲間の「死」が事実として確定してしまうから、「あげたくはない」んじゃないか。切ないですね。

職業を教えてくれない彼だけど、二人で北区のマンション買うの

（柴田葵・女・32歳）

どこかで聞いたことがありそうな話。〈私〉は「彼」を忍者だと思おうとしているんでしょう。唐突な「北区」の具体性がいい。

旅先で城を見るたび忍者ならどっから入るかなとか思う

（澤原しをり・女・38歳）

観光客として見るより敵方の「忍者」として見る方が「城」の姿がよくわかる。面白いですね。

どこか香りはするのに姿なし　金木犀は一流の忍び

（あじさい・女・18歳）

「金木犀」は「忍び」だったのか、という驚き。テーマが「忍者」だってことが意識されない場で読むと、より新鮮に見えると思います。外から与えられたテーマが思わぬ表現を生み出すという題詠の恩恵ですね。

では、次に自由題作品を御紹介しましょう。

ケロヨンの指人形の欲しさに押し入れ前で口に含みたり

（横山ひろこ・女・40歳）

「小学校の低学年でした。日曜の夜、母とクラスメイトの家に出かけ、彼女が持っていたケロヨンが欲しくて、口の中に隠して帰ってしまいました」との作者コメントがありました。「ケロヨン」はカエルのキャラクター。凄い臨場感ですね。ポケットや手の中じゃなくて「口」ってところが最高。そういえば「ケロヨン」本人（？）も「口」が大きい。「押し入れ前」にも奇妙な迫力があります。

白い家建ってやさしい人住んで昔カラスが死んでいた場所

（シャカ・女・16歳）

「やさしい人」はそのことを知らない。「家」の「白」と「カラス」の黒の対比を読者は意識下で感じるようです。

ハイウェーには悪魔がいるよなんとなく寄り眼をしたくなったりするよ

（神戸菜七・女・22歳）

「高速道路で運転中なにか魔がさして、2秒目をつぶっても大丈夫かとか、少しの間寄り眼で運転して大丈夫なら神様はいるんだとか、そういうきもちになって実際にやってしまいました」との作者コメントがありました。「寄り眼」って確かに「悪魔」の仕業っぽい。命を実感するために自ら死に接近するってことがありますね。登山も旅行もギャンブルも恋愛も、それをすることで死の可能性を高める行為だと思います。

次回は「宗教」をテーマにした作品と自由詠を御紹介する予定です。

次の募集テーマは「遠足」です。おやつ、迷子、リュックサック、水筒、しおり、乗物酔い、げろ、お弁当、バスガイドさん。遠い足なんて不思議な言葉ですね。自由に詠ってみてください。楽しみにしています。

また自由詠は常に募集中です。どちらのテーマも何首までって上限はありません。思いついたらどんどん送ってください。

宗教《テーマ》

今回のテーマは「宗教」です。難しいかな、と思ったけど、いつもより多くの作品が寄せられました。

神様が救ってくれる条件は70億人同時まばたき

（西藤定・男・21歳）

ユニークですね。例えば、これが次のような歌だったら、どうだろう。

神様が救ってくれる条件は70億人一つの願い

（改悪例）

面白くなくなってしまう。「一つの願い」って世界平和とかかなあ、と普通に感じるだけ。でも、「同時まばたき」と云われると、あ、それは絶対に無理、と鮮やかに確信させられる。その背後には、可能性が完全にゼロではない、という裏返しの、ほとんど絶望めいた希望があるんじゃないか。

唇で歌う賛美歌なにもかも間違ってしまいそうな予感に

（鈴木晴香・女・32歳）

「結婚式の賛美歌、二番以降はまったくわからなくて、神様ごめんなさいと思います」との作者コメントあり。「なにもかも」という言葉から歌詞を間違えること以上の危うさと、そして不思議な甘美さが伝わってきます。「唇で」がそれを増幅させている。

ひとつぶにつき七人の神がいると知って米を噛むのが怖い

（リッカ・女・29歳）

だから、残さず食べなさい、と私も教えられました。でも、と作中の〈私〉は思ったんだろう。「噛むのが怖い」と。「神」「米」「噛む」「怖い」という硬そうなカ行音の連鎖が「噛むのが怖い」感覚を高めています。

西？東？どっちだったかどうしても覚えられない自分の宗派

（伊藤千詠・女・30歳）

「浄土真宗なのですが、西本願寺派だったか東本願寺派だったか」との作者コメントあり。いかにも日本人らしい宗教に対するゆるさが全力で表現されています。

A定食を前に十字をつくるひとみたとき「私上京したんだ」

（takio・女・26歳）

「ミッション系の大学に進学し、食堂で見た初めての光景に、ごはん粒がいつもより固く感じました」との作者コメントあり。「上京したんだ」が一瞬意外でありつつ、でも、なんともいえない実感がありますね。音数を調整させてもらいました。

お醤油をかけすぎちゃったロバートに「オー、マイガーッ！」と叫んであげた

（鈴木美紀子・女・50歳）

面白いですね。西洋の人も神様も「お醤油」はよく知らないだろうから、代わってあげたんだ。

神様を信じることをやめた春以降にできた友だちもいる

（竹中優子・女・31歳）

当然のような、奇蹟のような、そんな「友だち」との出会い。全ては「神様」のお導きだと思っていたのに。その外側にも世界はあった、という驚き。

では、次に自由題作品を御紹介しましょう。

教師から自由課題の注意事項「血液による作画は禁止」

（斉藤さくら・女・31歳）

なんとも異様。「血液による作画は禁止」という、いかにも「注意事項」っぽい云い方が、その印象をさらに強めています。「あらかじめこういう説明をされるということは、過去に誰かがやったのでしょうね」との作者コメントがありました。

ショッピングカートに肉や骨や血になるミニチュアな自分を入れる

（新道拓明・男・24歳）

「ミニチュアな自分」に意表を衝かれつつ、納得してしまう。全ての食材が「ミニチュアな自分」というのは根拠ある幻想。

峰岸に夢で八色ボールペン握らされてたずっと持ってた

（沼間希・女・18歳）

「八色ボールペン」とは、いかなる暗示なのか。「本人に言ったら『私色の数多いボールペン嫌いなんだよね』と言われました」との作者コメントあり。夢と現実とのギャップが面白い。

彼の人もわたしの彼氏とおなじよに乳など吸ったりするのかしらん

（ふゆ花・女・18歳）

男という生物の不思議さ。「かしらん」という響きにとぼけた味わいが宿りました。五七五七七の内側では、ちょっとした云い回しの違いで世界ががらっと変わってしまう。

新聞を丸めてじっと待ってたのブラジルも今ちょうど12時

（燦・女・18歳）

「今」ここに生きている〈私〉という存在の実感が、目の前の虫と地球の裏側の「ブラジル」によって照らし出されています。

睡眠の間口が他の人よりも広いみたいで気をつけている

（石川明子・女・41歳）

「すぐ寝てしまうんです」との作者コメントあり。眠りが落とし穴のように口を開けているみたい。

人ごみに紛れ込む私の舌の上だけにある飴玉を噛む

（石川明子・女・41歳）

「人ごみ」に紛れてしまいそうな「私」の唯一無二性を「舌の上」の「飴玉」が支えてくれる。

次回は「遠足」をテーマにした作品と自由詠を御紹介する予定です。

次の募集テーマは「酒」です。昔から、「酒」の名歌は多いですね。僕はあんまり飲めないんだけど。自由に詠ってみてください。楽しみにしています。また自由詠は常に募集中です。どんどん送ってください。

テーマ

遠足

今回のテーマは「遠足」です。お菓子と乗物酔いについての歌が多かったかな。自由題にも選びきれないほどの秀作が寄せられました。

前の晩サンドイッチにしてくれと言っ
たばかりにはさまれた鮭

（有櫛由之・男・40歳）

サーモンサンドイッチ、しかしてその実体は鮭おにぎりの生まれ変わり。「はさまれた鮭」という表現に素晴らしい破壊力がありますね。

バスのなかわたしの好きな馬場さんが撃たれたようにうつくしく寝る

（柳本々々・男・32歳）

たくさん歩いて疲れたんでしょうね。「撃たれたようにうつくしく寝る」の危うさに惹かれました。「君ねむるあはれ女の魂のなげいだされしうつくしさかな」という前田夕暮の代表歌を連想。

「このほうが本気でやるでしょこいつらも」溶けるティッシュのてるてるぼうず

（水町・女・31歳）

「遠足の前日、てるてるぼうずを脅す妹の思い出です」との作者コメントあり。いいですね。上句では意味不明なシチュエーションが、下句できれいに説明されている。

ポケットの白いさんごにそっと言うはじめてだよね山の黄や赤

（丸模様・女・47歳）

海の生物と「山」、「白」と「黄や赤」、二重の対比に詩が宿りました。本当の遠足をしたのは〈私〉ではなく「ポケット」の「さんご」だったんだ。

遠足の途中でオレの家が見えそのまま帰っちゃだめなんですか

（工藤吉生・男・35歳）

「家」が見えたことで不意に湧いた感情。「遠足」が普段は意識しない「家」の存在を浮かび上がらせる。

婆ちゃんが「持っていきな」と袋ごとくれた黒飴どろどろの春

（柴田葵・女・32歳）

「婆ちゃん」の思いのこもった「黒飴」は、けれど、〈私〉の日常とはどこかがズレていた。二つの世界のギャップを示す「どろどろ」がスリリングな味わいを生んでいます。

ドアノブに感触がなく遠足の終わりを告げる家はまぼろし

（木下龍也・男・26歳）

「ドアノブに感触がなく」がとてもこわい。「遠足」の途中で事故死した人の魂だけが戻ってきたみたいです。家に帰るまでが遠足、という決まり文句からすると、〈私〉の「遠足」は永遠に続くことになる。

では、次に自由題作品を御紹介しましょう。

昼休み弁当箱に閉じ込めた気がした羽虫がどこにもいない

（白菜・女・16歳）

「閉じ込めた」はずの命の消失。神様になりそこねた〈私〉の姿が浮かんできます。本物の神様が逃がしてしまったのでしょうか。

お刺身の上に乗ってるタンポポも食べた童貞喪失の夜

（小坂井大輔・男・34歳）

「3日くらい地に足がつきませんから」との作者コメントあり。理屈では説明できない行動に妙な説得力があります。まさかお祝いの花でもないだろうし、「童貞喪失」の衝撃によって、それまでの世界像が組み変わって、「タンポポ」が食べたくなったのか。

紅葉が和菓子みたいでおいしそうって
それはまったく逆なんだよきみ

（きょうこ・女・33歳）

「それはまったく逆なんだよきみ」という口調がなんともいいですね。短歌は内容以上にスタイルが重要です。

川の字で寝ているときに真ん中が激流
なんてことはないかな

（ナポ銀金時・男・33歳）

いや、あるんじゃないかな。だから「真ん中」の子供はいつもどこかへ流されてゆく。直観の冴えた歌。

かわいらしい奥さんですねと微笑めば
あなたの睫はみつばちの翅
（鈴木美紀子・女・50歳）

「奥さん」を褒められたから、緊張と照れで瞬きが増えたのか。「みつばちの翅」という譬喩《ひゆ》が魅力的。

君がただ一度だけ降りしこの駅に一人
で帰った一〇〇〇回くらい
（伊藤千詠・女・30歳）

「一〇〇〇回」との対比によって「ただ一度」の特別さが浮かび上がる。部屋とかお店ではなくて「駅」なのがいいですね。

下げたままの頭が並ぶ教室で夢かもしれない炎をみてる

（斉藤さくら・女・31歳）

「授業中に非常ベルが鳴ったことがあります。反射的に顔を上げましたが、一番後ろの席だった私の目に入ったのは、課題のプリントに視線を向けたままのみんなの姿」との作者コメントあり。一人だけ顔を上げて「夢かもしれない炎」を見ている姿に張り詰めた美しさを感じます。

僕だけが発した「いらっしゃいませ」も何処か遠くでハモる夕暮れ

（新道拓明・男・24歳）

声を出したのは「僕だけ」。けれど、そこは「僕」と同じような店員たちが無数にいる世界。「ハモる」のはその魂の木霊だろうか。

次回は「酒」をテーマにした作品と自由詠を御紹介する予定です。

次の募集テーマは「猫」です。あくびをしても可愛いのが不思議。野良猫に仲良くして欲しいけど近づけない。でも、嫌いな人もいるんだってね。自由に詠ってみてください。楽しみにしています。

また自由詠は常に募集中です。どちらのテーマも何首までって上限はありません。思いついたらどんどん送ってください。

テーマ

酒

今回のテーマは「酒」です。下戸や未成年の方の歌も面白かったです。

わたしいまね　かえってすぐねげんか
んでね　だいのじでね　でんわしてるの

（円満・男・26歳）

「酔った友だちから電話がかかってきて何度も同じことをいってました」という作者のコメントがありました。泥酔感が平仮名表記で表現されています。「だいのじでね」が可愛い。一瞬、漢字変換できないところもいいですね。

たまご酒作ってきたの光降る面会謝絶のガラスの部屋へ

（鈴木美紀子・女・51歳）

〈私〉の想いと現実の症状にギャップがあったのでしょうか。「たまご」と「ガラスの部屋」はどちらも壊れやすく、けれど、命を守ろうとする空間。

「SAKE AND TEARS AND MAN AND WOMAN」歌うEIGO KAWASHIMA

（関根裕治・男・42歳）

面白い。『酒と泪と男と女』を歌う河島英五。その曲名と人名を英訳しただけなんだけど、結果的に短歌の五七五七七という音数にぴったりはまりました。

「尿検査ぽいよねすごく　ぐだぐだの花見の人の紙コップって」

（原彩子・女・47歳）

確かに。最近は紙コップって減ってる気がするけど、そのせいだったのか。

よっぱらいのひとになりたい　完全に自分の事しか見えなくなりたい

（森響子・女・32歳）

「お酒呑めないので、よっぱらったことがないので、羨ましいです」との作者コメントあり。そうか、あれは「完全に自分の事しか見えなく」なった状態だったのか。よっぱらいたいではなくて「よっぱらいのひとになりたい」という云い回しがいいですね。

すきなひとのすきなひとのはなしをきいているそのすきなひとにもすきなひとがいる

（柳本々々・男・32歳）

「すきなひと連鎖の飲み会です。だれも両思いは、いない」との作者コメントあり。誰もが片思い。なんだか人類愛に繋がりそうな切なさを感じます。

ウイスキーボンボンを食べているきみの息のにおいが好きであります

（猫丸頬子・女・24歳）

スイートな内容に対して、「好きであります」という軍隊調（？）の語尾。そのミスマッチが不思議な魅力を作り出しています。

では、次に自由題作品を御紹介しましょう。

いつ開けたペットボトルかわからない
ペットボトルが何本かある

（鈴木晴香・女・32歳）

「自分の心の中でも、同じことが起こっていると思う」との作者コメントがありました。確かに作中の「ペットボトル」は、現実のモノでありながら象徴性を帯びている。不安な美しさがありますね。

同じ作者の「縄跳びの柄はコンドーム装着の実演をするときに役立つ」も衝撃的でした。「高校の保健体育の授業」との作者コメントあり。

孤独だと呟くあなた　写真では両手で
山羊を愛でてるじゃない

（このみ・女・20歳）

一瞬、ん？　となって、それから気づく。「両手」がポイントなんですね。「孤独」って云ってるけど、この写真を撮った見えない誰かがいるじゃないか。

会議室ここが無人島だったなら誰と繁殖しようか迷う

（奥村知世・女・29歳）

会議中の妄想ですね。どの人も気が進まないけど強いて云えば……的な。「繁殖」という言葉の選び方がいい。

ガンバレ（≧▽≦）と思う　下積みアイドルがＡＫＢに「さん」付けしてて

（新道拓明・男・24歳）

「ＡＫＢさん」とは、一般人は決して云わない。下積みアイドルの夢が、その言葉を選ばせているんだ。

同じ作者の「風　いまは間奏中であるという空がいきなり歌い出す日は」の鮮烈さにも惹かれました。

上履きにいれる画鋲を選んでる夕暮れの光眩しい教室

（大地・男・25歳）

「歪んだ愛を想像して書いてみました」との作者コメントあり。「夕暮れの光」に特別な眩しさがあるようです。一線を越える行為が「いまここ」に特別な濃さを与えている。

縁日でお面を買ったその日から兄がみるみる狂っていった

（池田裕理・女・26歳）

いったい何の「お面」だったんだろう。「みるみるくる」という響きがいいですね。

腹くる準備のために朝の陽が私に注ぐ本日手術

（町田のひこにゃん・女・54歳）

今日の「陽」がいつもとは違った意味をもって「私」に注いでいる。そんな特別な「朝」の歌。

次回は「猫」をテーマにした作品と自由詠を御紹介する予定です。
次の募集テーマは「ブラジャー」です。クラスの女子が着け始めた時、やけにどきどきした記憶があります。色々な角度から自由に詠ってみてください。楽しみにしています。
また自由詠は常に募集中です。どちらのテーマも何首までって上限はありません。思いついたらどんどん送ってください。

テーマ

猫

今回のテーマは「猫」です。応募数がとても多かったです。「猫」、愛されてるんだなあ。

君からの手紙はいつも届かない切手を猫になめさせるから

（木下龍也・男・27歳）

「猫」の魔力によって「手紙」が微妙な異次元に行ってしまうのか。「切手を猫になめさせる」ような「君」自身が、どこか「猫」的で惹かれます。

今は猫昔は犬を飼っていたこの回答が
なぜだか多い

（ナポ銀金時・男・33歳）

確かに、そんな気がします。時代が「犬」から「猫」に移っているのかなあ。それは住環境の問題か、飼い主の気持ちの問題か。私が子供の頃は番犬という概念がまだあったんだけど。今のペットに求められるのは純粋な可愛さ？

可愛いと自慢してくるその猫に会いた
いと言ってもいいでしょうか

（Onigiryui・女・18歳）

「普通の友達なら簡単に言えることでも、好きな人が相手だと言えなかったりします」という作者のコメントがありました。躊躇いを含んだ疑問形が〈私〉の気持ちの揺れを表しているようです。

六月にあなたが吐いた美しい毛玉は財布に入れてあります

（笠原之・男・22歳）

「お守りとか家族の写真とか、肌身から離したくない大切なものは財布に入れがちです」との作者コメントあり。「大切なもの」が「美しい毛玉」なんですね。私は見たことないんですけど、猫って「毛玉」を吐くらしい。人間でいうと言霊かなぁ。

人でいう40歳を猫でいう5歳が撫でてぬるい日曜

（小日向大志・男・25歳）

「猫でいう」の視点がちゃんとあるところがいいですね。犬とは違った「猫」特有の、「人」との対等さが感じられます。

鳴きまねにゃーと応えてくれたけど
私は猫語でなんて言ったの
（冬原・女・22歳）

無視されずにちゃんと猫が「応えてくれた」ことで、逆に「私は猫語でなんて言った」のかが気になってくる。確かに何かを云ってしまったんだ。

猫バスで降りる方法がわからずにまた
たびをまく　高速に入る
（柳本々々・男・32歳）

激しく逆効果というか、なんというか。酔っ払い運転（？）の「猫バス」は、「高速」をどこまでもどこまでも突き進んでゆくのでしょう。

では、次に自由題作品を御紹介しましょう。

何もない街での誰かの聖域であるだろう雨のマクドナルドは

（まるやま・女・30歳）

「何もない街で降りてしまったときのマクドナルドのありがたさは神々しさすらあります」との作者コメントがありました。未知の、けれど必ず存在するはずの「誰か」を想像したところが素晴らしいですね。

ボタン式信号で待つ一台も止めないように押せる瞬間

（原彩子・女・47歳）

ああ、これはやりますね。なるべく世界に負荷をかけないように。でも、短歌にしようと思ったことはなかった。私たちの日常にはそういう「瞬間」が充ちているのかもしれない。

せめて目がかゆくなったりしてほしい
あなたの危機には知らせが欲しい

（うい・女・19歳）

「せめて目がかゆくなったりしてほしい」が面白い。電話やツイートやラインとは違う「知らせ」を求める心。本当に目がかゆい時との区別がむずかしいけど。

一息でツナの缶詰を開ければそこは寒
いラブホテルの匂い

（鈴木晴香・女・32歳）

「寒いラブホテル」が「ツナの缶詰」の匂いだというなら、そういうこともあるかな、と思うけど、その逆ってところに衝撃があります。何かの間違いで異次元の扉を開けてしまったような感覚。

ストローで飲み終えた後しばらくはスースースー吸う男性だ
（工藤吉生・男・35歳）

その「男性」には他人とは違う世界が見えているのか。単に不気味な人なのか。実際にやられたら落ち着かない気分になりそうだけど、言葉にされると面白いのはどうしてだろう。

そのつもり。ええ、そのつもり。「ええ」と言う人を私は信用しない
（小林晶・女・32歳）

「なぜ『はい』と言わないのかなと思ってしまいます」との作者コメントあり。わかるような気もするけど、「信用しない」とまで云うとは。その不思議な潔癖さに魅力を感じました。

携帯で一秒遅れの天皇を確認してる炬燵に埋もれ

（森問丸・男・27歳）

「去年の天皇誕生日の様子です。ワンセグってちょっと遅れますよね」との作者コメントあり。仮に二日遅れなら、それはもう録画。「一秒遅れ」の微妙さが奇妙な感覚を生み出しています。

次回は「ブラジャー」をテーマにした作品と自由詠を御紹介する予定です。

次の募集テーマは「鏡」です。実物より良く映るのと変に映るのがあるような気がするけど、どうしてだろう。先日、大きな鏡を買いました。姿見っていうのかな。倒れても割れないんだって。色々な角度から自由に詠ってみてください。楽しみにしています。

また自由詠は常に募集中です。どちらのテーマも何首までって上限はありません。思いついたらどんどん送ってください。

テーマ

ブラジャー

今回のテーマは「ブラジャー」です。自分がブラジャーについて何も知らないということが改めてわかりました。男性陣も健闘したと思います。

とてもよく似合ってますと店員がほとんど裸の人間に言う

（鈴木晴香・女・32歳）

「ほとんど裸の人間」がいいですね。これによって、ブラジャーしか着けていない私、という現実の感覚が異化されている。その結果、「とてもよく似合ってます」という言葉の奇妙さが際立ちました。

迷彩のブラジャー着けたきみといてなにがなにをなにで隠したいのか

（柳本々々・男・32歳）

面白いですね。「迷彩」＝隠す、「ブラジャー」＝隠す、なのに「迷彩のブラジャー」＝よくわからない。そのわからなさを「なにがなにをなにで」と表現したところがいい。

おとなしい彼女の肩紐見えている知らない色をみちゃったようで

（美和直・女・22歳）

「普段とても仲がよくても、友達が意外な色のブラをつけているのを知ると、なんだか知らないその子の一面を見てしまったようで、ひやりとします」という作者のコメントがありました。「知らない色」が「肩紐」の「色」であると同時に、「彼女」の心の「色」でもあるように感じられます。

ブラジャーを漁師が海に撒いているきっと人魚のためなんだろう

（木下龍也・男・27歳）

大量の「ブラジャー」を「海に撒いている」人を見かけたら、絶対怖いと思う。でも、ほんとは優しい人だったんだ。「人魚」はパンツの方は要らなそうだもんなあ。

いくつもの小さな花の咲く蔓を這わせています両の乳房に

（サツキニカ・女・24歳）

言葉の配置の巧みさによって、花柄の下着を着けている現実が消えて、植物と一体化した自らの姿が浮かび上がりました。

ブラジャーを盗まれた日は青ざめてぱちんぱちんと蚊をつぶしおり

（井上鈴野・女・50歳）

「ブラジャーを盗まれた」時のショックは私には想像できない。にも拘わらず、「青ざめてぱちんぱちんと蚊をつぶしおり」に、なんともいえないリアルさを感じました。

左には包める乳房はもうなくて肋骨の上に戸惑うブラジャー

（新井由利子・女・56歳）

シリアスな状況だと思うけど、〈私〉の感情が直接的に描かれることなく、「ブラジャー」の戸惑いとして表現されている。だからこそ、「もう」の二文字に思いが宿りました。

試合中ブラ引っ張って審判に何やら喚きまくるシャラポワ

（小坂井大輔・男・34歳）

最後の「シャラポワ」が「ブラ」とも響き合って効果を上げています。男でも女でもなくて、そういう生物がいるみたい。強くて、美しくて、神である「審判」に「喚きまくる」堕天使。

金属のホックのブラとヘアピンを外して待つわ甘い春雷

（鈴木美紀子・女・51歳）

病院の検査（ＭＲＩとか？）の歌でしょうか。検査装置に特有の轟音を「春雷」と捉えたことで、「金属のホックのブラとヘアピン」を外すことに詩的な必然性が生まれました。そうしないと、雷が落ちちゃうからね。

では、次に自由題作品を御紹介しましょう。

この国のルールを教えておいてやるふきのとうの悪口は言うな
（きょうこ・女・34歳）

「どう考えてもふきのとうの天ぷらが苦くてまずい。でも大きな声で言えない」との作者コメントあり。下句への展開が意外でありつつ、なんだかわかる。「ふきのとう」は春の季節を象徴するから、その「悪口」を云うことは春を悪く云うことになる、って感じでしょうか。

六ばかりすごい確率で出るのですサイコロだって恋するのです
（シャカシャカ・女・16歳）

「サイコロ」の「恋」という発想がユニーク。加えて、「です」の繰り返しが雰囲気を作り出していますね。

信号がかつてないほど連続の青でほどけたままの靴ひも

（清信かんな・女・31歳）

「靴ひもを結び直したいと思っているときに限って信号が赤にならない」との作者コメントあり。シンクロニシティの一種なのかなあ。世界には見える法則と見えない法則があるみたいですね。自然科学が前者の担当で、詩歌は後者の担当。

じいちゃんの腹は見事な豆腐色泣き出しそうに優しい色だ

（はるの・女・28歳）

「病院で最後に見た祖父。なぜか悲しいとは思いませんでした」との作者コメントあり。

「豆腐色」「泣き出しそうに」の辺りに、なんともいえない実感がある。愛の歌。

息を止め鼻をつまんだ子供見て注射する手が震えてる医師

（斉藤さくら・女・31歳）

「子供」は自らの知識と直観を総動員して「注射」の痛みを防ごうとした。その結果、「息を止め鼻をつまんだ」と。かっこいいなあ。

次回は「鏡」をテーマにした作品と自由詠を御紹介する予定です。

次の募集テーマは「敵」です。自分の敵はなんだろう。去年の夏、ダニに十数ヶ所咬まれた時、「これはもう殺るか殺られるかだ」と思ったけど。色々な角度から自由に詠ってみてください。楽しみにしています。

また自由詠は常に募集中です。どちらのテーマも何首までって上限はありません。思いついたらどんどん送ってください。

テーマ

鏡

今回のテーマは「鏡」です。他のどんなモノとも違った存在感がありますね。全てを映すこと。奥行きがないこと。いつも私がいること。

はなやかに光は溢れどの人も鏡と話してるヘアサロン

（原彩子・女・47歳）

確かに現実の光景なんだけど、「鏡と話してる」と表現したことで、不思議な世界が生まれています。「はなやか」「光」「話」「ヘアサロン」というハ行音の響きも効果的。

小六の卒業祝で配られし手鏡女性の始まりとして

（こんこん・女・34歳）

「おしゃれや化粧に興味がなかったので、手鏡はとても恥ずかしかったです」という作者のコメントがありました。「祝」のはずが、どこか呪《のろ》いめいていますね。「女性」としての未来を呪縛するモノ。その時、男子は何を配られたんだろう。うーん。ナイフ？

うつ伏せた鏡は床の傷跡を一晩中映しているだろう

（鈴木晴香・女・32歳）

だから何ってことはないはずなのに、こんな風に詠われると、奇妙に心を動かされます。「鏡」は目を閉じることがない。「一晩中」どころか百年だって「映している」んだ。

ここで会うことはもうない　6Fの職場のトイレの鏡の僕よ

（新道拓明・男・25歳）

「職場」を去るのかなあ。この「トイレ」に入ることはもうない、と意味は同じなのに、「鏡の僕」という発想によって詩的な世界が成立しています。

この音は祖母が毎朝布あげて鏡の前に正座するおと

（菜常環名・男・30歳）

「毎朝」のことだから「音」でわかるんですね。「布あげて」「正座する」によって儀式っぽさが強められています。やはり「鏡」はただの道具ではないらしい。

いつだって鏡の奥は怖くって鏡の前は安いスプレー

（ナポ銀金時・男・33歳）

「安いスプレー」がいいですね。「鏡の奥」の謎めいた深さに対して、「鏡の前」すなわち我々が生きている現実はぺらぺらなんだ。

なぜ女子は鏡をめっちゃデコレートするのかわたし以外の女子は

（柴田葵・女・32歳）

鏡台に布をかけるとか、「鏡をめっちゃデコレートする」とか。「鏡」の呪術的な力を信じているからこその行為に思えます。「わたし以外の女子は」がいいですね。「女子」の儀式に参加できない「わたし」。

たてにしてたてかけられた鏡とはゆれうごかない川面のことだ

（上澄眠・女・32歳）

「川面」なのにたてかけられる面白さ。そこだけ次元が特定できないような「鏡」の存在感が巧みに表現されています。

では、次に自由題作品を御紹介しましょう。

食べ物にまだ汚されたことのない皿をやさしく包んでもらう

（壱・女・25歳）

直接的には「皿」を詠いつつ、それ以上の何かが表現されるようです。そのためにあるものなのに「汚された」という言葉を選んだところがポイント。

伝票をくるりと丸め透明な筒に入れられた瞬間ひとり

（白石美幸・女・22歳）

「ファミレスに行ってさみしくなる瞬間です。それまであったつながりが切られてしまう気がします」という作者コメントあり。センサーが高感度ですね。この歌を見て、初めて自分もそう感じていたことに気づきました。

お腹すいてもいないのに開けちゃった真昼に正座でポッキーを食う

（蜜子・女・18歳）

「正座で」がいいですね。限りなく無為な行為だからこそ、生な時間の手触りが感じられるようです。

膝枕してさしあげる行く場所はどこにも無くて起きるまで待つ

（土井雪子・女・39歳）

充ち足りているような、その逆のような、不思議な文体の魅力。もしも「行く場所」があったら、そのままふっと立ち上がってしまうのか。

見下ろした夜景はとても綺麗だったよぼくもきみもいない世界でも

（栗原夢子・女・21歳）

「夜景を見ている時、私はその夜景を形成している灯かりのひとつではないのだと思うと、自分が世界から消えてしまったような気持ちになります」という作者コメントあり。それは死者の視点にも近い。だからこそ「世界」が「綺麗」に見えるのかもしれません。

「隠れろ」と言われ飛び込む押し入れの畳の匂い高鳴る鼓動

（小桃うさ太郎・女・15歳）

「修学旅行の夜、ほんとうはいけないのに友達の部屋に遊びに行った先で、先生の見回りの気配がして、部屋が騒然としたときのうたです」との作者コメントあり。「畳の匂い」と「高鳴る鼓動」という嗅覚聴覚触覚的な表現がいい。「押し入れ」の暗さによって視覚が奪われたからですね。

次回は「敵」をテーマにした作品と自由詠を御紹介する予定です。

次の募集テーマは「窓」です。旅先でホテルの部屋に入ると、真っ先に窓から何が見えるか確かめてしまいます。先週泊まったところは、向かいの建物の壁しか見えなかったなあ。色々な角度から自由に詠ってみてください。楽しみにしています。

また自由詠は常に募集中です。どちらのテーマも何首までって上限はありません。思いついたらどんどん送ってください。

テーマ

敵

今回のテーマは「敵」です。「敵」は自分、睡魔、蚊という発想が多かったかな。はっきり名指しすることの難しさを感じました。

花嫁と花嫁鉢合わせしないよう移動ルートあり。本日、大安

（鈴木美紀子・女・51歳）

「大きな結婚式場では新婦同士が鉢合わせしないような配慮があるそう」という作者のコメントがありました。幸福な一日の敵は意外なところにいたんですね。「大安」だけに「本日」の「移動ルート」は複雑さを増していそうです。

「化粧って大変だよな」とうっすらと笑うお前はスナメリに似てる

（かまくら・女・22歳）

「男の人って、化粧について言ってくるその時だけ、人間を超越した何者かに見えるので」という作者のコメントあり。「スナメリ」が面白い。動物の中でも特にすっぴんって感じがしますね。音数を調整させてもらいました。

世界中すべてを敵と思ってるけれど世界は僕を知らない

（猫丸頬子・女・24歳）

「僕」の痛みが伝わってきます。好意だけでなく、敵意にも片思いがあるんだ。

ぜいたくは敵でも味方でもなくて欲しがりませんたぶん勝てない

（小日向大志・男・25歳）

「ぜいたくは敵だ」「欲しがりません勝つまでは」という戦中の標語をアレンジした本歌取りですね。それによって、今という時代の空気感が的確に表現されています。戦中と今の中間には、ぜいたくは味方で勝つまで欲しがる、というバブル時代もありました。

世界など放っておいてモモレンジャーを奪い合う最終回を見る

（鈴木晴香・女・33歳）

「最終回」ってところがいいですね。最終的には、「世界」より自分が大事で、敵は味方の中にいる、ってことなのか。

モンローを好きなおまえとヘプバーン
好きなおれとが恋敵とは
（関根裕治・男・43歳）

論理的に決してあり得ないことが起こる「恋」の不思議。しかもその相手は綾瀬はるか似とか……、普通にありそうですね。

絶望はひかりのなかにあるのでしょう
敵も味方もわからず進む
（東こころ・女・36歳）

直観的な表現にリアルな感触がある。「絶望」が「ひかり」の中にあるのなら、希望は闇の中にあるのかも。

では、次に自由題作品を御紹介しましょう。

世界とのあいだにいつも「あ」を挟む
あ　レジ袋つけてください
（まるやま・女・30歳）

「会話するとき『あ』と言ってしまう癖が抜けません」との作者コメントあり。そのことを「世界とのあいだにいつも「あ」を挟む」と表現したことで詩が生まれました。「あ」は「世界」との接触を避ける心のコンドームみたいなものか。

しあわせはおなかがすくね　ねこの手がやっとじょうずになってきた春
（こゆり・女・31歳）

「包丁を使うときの手がこわいと言われます」との作者コメントあり。「ねこの手」と「しあわせ」「春」の組み合わせがいい。誰かのための「ねこの手」なんでしょう。

宿題を終わらすために姉の辞書引けば花びら舞いおちて邪魔

（靤・女・18歳）

「押し花したら弟に文句いわれました」との作者コメントあり。作者は「姉」なんだけど、敢えて弟の立場から詠ったことで魅力的な一首になりました。特に「邪魔」ってところ。

コンビニに入る前までわかってた駅がどちらかわからなくなる

（清信かんな・女・31歳）

確かに、そんな風になることがありますね。「コンビニ」という空間はどこもよく似ている。その同質性が脳の情報をリセットしてしまうのかなあ。

文化祭準備でついた手のペンキ脱皮して僕たちは生きる

（みなみ・女・17歳）

「放課後、クラスメートと遅くまで準備して、1人になってから手についたペンキを見るとさっきまでのことが現実じゃないような気がした」という作者のコメントに、奇妙な生々しさを感じました。「ペンキ」というはっきりした証拠があるのに現実感がない。そこに「生きる」ことの秘密があるのかもしれない。

早朝の電気点ける前のぼくの部屋教会みたいな神聖さを持つ

（げんご・男・12歳）

「朝起きたとき見た、ぼくの部屋はぼくの部屋じゃないみたいな気がしました」との作者コメントあり。「電気点ける前」がいいですね。それこそが「部屋」の素顔。「電気」

を点けることで、世界に日常的な意味を与えてしまうんだ。

鬱という字をなんとなく書いてみる信じられないくらいはみ出す

（石川明子・女・42歳）

書いてみて初めてわかった「鬱」の怖《おそ》ろしさ。画数が物凄いから、命懸けで挑まないと「はみ出す」んだろう。「信じられないくらい」がいい。

次回は「窓」をテーマにした作品と自由詠を御紹介する予定です。

次の募集テーマは「ひらがな」です。特定の「ひらがな」についての歌でもいいし、「ひらがな」表記を生かした歌でもいい。色々な角度から自由に詠ってみてください。楽しみにしています。

また自由詠は常に募集中です。どちらのテーマも何首までって上限はありません。思いついたらどんどん送ってください。

テーマ

窓

今回のテーマは「窓」です。現実の存在なんだけど、象徴的なイメージも強い言葉ですね。社会の窓の歌がけっこうあったけど、もう一歩のところで採れませんでした。

体操着姿の君が去ったとき窓に網目があるのを知った

（おざ・男・21歳）

「教室の窓から眺める体操着姿の女子は可憐で、僕は変態です」という作者のコメントがありました。下句の意外性がいいですね。「窓に網目」はずっとあったんだけど、ひたすら「君」の姿を見つめていたから、気づかなかったんだ。

真夜中に窓から覗くきらきらのウルトラマンの（たぶん）目（のいちぶ）

（柳本々々・男・33歳）

ときめきますね。「（たぶん）」「（いちぶ）」というカッコの使い方が、現実的にはありえないはずのシチュエーションにリアルな感触を与えているようです。

小窓から覗けば百年そこにいる女《ひと》と目が合うドールハウスの

（風花雫・女・50歳）

今度は逆に、〈私〉の方が「ウルトラマン」的な立場になっています。「女」とのサイズ差に加えて、ここには時間的なギャップもありますね。「百年を経たドールハウスを見ました。眠っている子も、化粧をするために鏡に向かっている婦人も、お茶を飲んでいる老人も……みんな、百年そうしているんだなぁと思ったら、恐ろしいような気持ちになりました」との作者コメントがありました。

引き潮の渚で拾ってしまったのあなたの部屋の窓の破片を

（鈴木美紀子・女・51歳）

透明な喪失感がある。何故、その「破片」が「あなたの部屋の窓」だとわかるのか。おそらくは、〈私〉の心の中の風景であり出来事だからなのだろう。「あなた」を失ったことだけが現実なのだ。

窓のそと出会い別れるひとびとのパントマイムをずっと見ている

（清信かんな・女・31歳）

一枚の「窓」を隔てているだけで、そこは「パントマイム」の世界になる。懸命に生きている「ひとびと」が運命の操り人形のように見えてくる。

徹子の部屋の窓から見えてたえいえんみたいな二個目の太陽

（九螺ささら・女・46歳）

「徹子の部屋の窓」から何が見えていたか思いだせないんだけど、「太陽」があったのでしょうか。それが本物の「太陽」よりも「えいえん」を感じさせるのは、「徹子」という存在の永遠性によるものか。

ジェットコースターの絶叫が窓から聞こえる部屋で二年間した

（古賀たかえ・女・35歳）

「豊島園に住むとそうなります」という作者のコメントがありました。奇妙なリアリティ。「二年間」いったい何を「した」のだろう。生活？　セックス？　耳栓？

では、次に自由題作品を御紹介しましょう。

「緊張でわたし頭皮がカチカチ」と言えば「カチカチっぽかった」と君

（石川明子・女・42歳）

自分のならともかく、他人の「頭皮」が「カチカチっぽかった」ってどういう状態なのか。外から見てわかるのか。でも、なんだかそこがいい。「君」のキャラクター、そして〈私〉との関係性が伝わってくるようだ。

同じ作者の「完璧に清潔なままピアニカを使い続けることなんて無理」の「ピアニカ」も絶妙。なるほどとても汚れそうな楽器。

「あなたには僕が見えるの幽霊さん」「その質問は逆じゃないかな」

（中西和音・男・17歳）

確かにね。論理的説得力のある「幽霊さん」が、なんとも魅力的。この後どうなったのか知りたくなる。音読した時のリズムもいい。

一昨日の夢であなたに会う前に食べたおいなりさんを選んだ

（沼間希・女・18歳）

どこまでが「一昨日の夢」の内容なのか、この文体だと、いまひとつはっきりしない。夢と現実が混ざり合うようなくらくら感がいい。

アリの巣をつっき回して夕焼けが背中に痛い、いたいよ　だれか

（えむ・女・25歳）

「アリの巣」を攻めている〈私〉の「背中」を「夕焼け」が攻めているのか。世界は奇妙な繋がり方をしている。〈私〉が本当にしたいのは、たぶんこんなことじゃないんだろう。でも、やめられないのだ。

届くまでふたり無言で撫でている宅配ピザの冷たいチラシ

（壱・女・25歳）

もっと有効な時間の使い方があるだろうに、「冷たいチラシ」を「無言で撫でている」という虚しさがいい。「ふたり」の間に不思議な親密さが充ちています。

人生で初めて出会った運命の同じ誕生日受験太郎くん

（かなみ・女・17歳）

「受験太郎くん」って誰だろう。模擬試験とかの人名欄に記入例として印刷されてる名前かなあ。その「誕生日」がたまたま自分と同じだったらしい。そんな人に出会ったのは初めてだ。「受験太郎くん」こそ、〈私〉の運命の人かも知れない。

次回は「ひらがな」をテーマにした作品と自由詠を御紹介する予定です。

次の募集テーマは「図書館」です。本屋とも学校とも違う、不思議な魅力のある空間ですよね。食堂のカレーライスを食べるためだけに通ったこともあります。色々な角度から自由に詠ってみてください。楽しみにしています。

また自由詠は常に募集中です。どちらのテーマも何首までって上限はありません。思いついたらどんどん送ってください。

テーマ

ひらがな

今回のテーマは「ひらがな」です。優れた作品が多くて、選ぶのに苦労しました。ひらがなを優しさに結びつけた歌が多かったけど、逆に奇妙な怖さを見出した歌もあって、面白かったです。

ひらがなのさくせんしれいしょがとどくさいねんしょうのへいしのために

（木下龍也・男・27歳）

戦争ごっこがなんだか本物の戦争に見えてくる。少年や少女が実際に「へいし」になる現実があって、我々の日常も、いつそうなるかわからない。「さくせんしれいしょ」

ます。「さいねんしょう」というひらがなの読み難さが、意味がわかった時の怖さを強めてい

君の頬に「は」と書いてみる「る」は胸に「か」は頭蓋骨に書いてあげよう

（鈴木晴香・女・33歳）

「君」の体に自分の名前を一文字ずつ書いてゆく。恋人同士の甘い遊び。と見えつつ、最後の「頭蓋骨」に驚かされる。もしも、これが「額」だったらどうだろう。

君の頬に「は」と書いてみる「る」は胸に「か」は額に書いてあげよう

（改悪例）

これでは普通になってしまう。「頭蓋骨」であることによって、時間の感覚が変わり、「君」を永遠に所有しようとする愛の怖さが表現されている。その名前が「遥か」をイ

メージさせる「はるか」なのもいい。

おばあちゃんが書くとメモの「にんじん」も戦火をくぐりぬけた風貌

（川崎香里・女・28歳）

だいこんでもきゅうりでもなく「にんじん」なのがいいですね。この文字は「にんげん」を連想させるから。「風貌」という言葉によって、その感覚が一層強められているようです。

らりるれろ肩の鸚鵡も船長も実に微かに巻き舌である

（原田・女・42歳）

「船長」の癖が「鸚鵡」に移ったのでしょうか。微《かす》かな「巻き舌」が二人の愛の証のように思えてくる。

夕暮れのこっくりさんとふたりきりひらがなでずっとおはなしてた

（サツキニカ・女・25歳）

「ひらがな」でしかコミュニケーションできない相手が子供の他にもいたんですね。その名は「こっくりさん」。真夜中ではなくて「夕暮れ」というところが「おはなしてた」の過去形とノスタルジックに響き合っている。

ナンバーのひらがな一文字覚えられないまま別れるさよならでみお

（鈴木綾佳・女・33歳）

「9年乗った車を買い換えようと思ってますが、車のナンバープレートのひらがなを一度も覚えようと思ったことがないことに気づきました」との作者コメントあり。そういえば、私も知らないや。心の奥底で関心を持っていない場合、「ひらがな一文字」さえ覚えられない。そんな人間の在り方がくっきりと見えて、心を動かされました。

では、次に自由題作品を御紹介しましょう。

抜け殻の君など見たくないけれど君の抜け殻なら見てみたい

（ほうじ茶・女・22歳）

面白いですね。「抜け殻」「君」「見る」という言葉を繰り返しながら、上句と下句で鮮やかに世界が転換されています。漢字の表記を統一させて貰いました。

運動会組体操が終わったら私たち皆きっと死ぬのね

（石川明子・女・42歳）

真っ青な空の下で、全員が力と心を一つにしている。その感覚が「死」のイメージを生み出しているのか。あの時、子供の「私たち」は本当に一度死んでしまったのかもしれません。

何らかの手指のようにぽってりと転がっており朝の生姜は

（つきの・女）

「生姜」は確かにそんな形をしている。「何らかの手指」という云い方が妙に怖いですね。それを摺り下ろしたりするところも。

テレビからタモリが消えたあの日から
並行世界を僕ら生きてる

（岡本真帆・女・25歳）

「笑っていいとも!」が終わった翌日、消費税が5%から8%になりました。世界が間違った方へ舵を切ってしまった気がしました。まだお昼にタモリさんがテレビに出ている

『正しい世界』があって、私達が暮らすこの世界こそがパラレルワールドなんじゃないか」という作者のコメントがありました。なるほど。奇妙なリアリティを感じます。そして、不安な「並行世界」感は、その後ますます強まっているみたいですね。

ペットボトルは月に照らされ整列す猫の嫌いな人の住む家

（まるやま・女・31歳）

普通にみんなが知っている事実なんだけど、言葉の選び方と置き方によって詩が生まれています。「ペットボトル」の兵隊が守っているようなイメージ。

テスト前君の手の端に黒色の努力の跡がかがやいている

（天野満月・女・13歳）

鉛筆の跡かなあ。仮にそうだとしたら、「かがやいている」は単なる譬喩《ひゆ》ではなくて、現実の感触を伴っていることになる。そこがいいですね。

次回は「図書館」をテーマにした作品と自由詠を御紹介する予定です。

テーマ

図書館

今回のテーマは「図書館」です。いい歌がとても多かった。そして、「図書館で働いています」という方がたくさんいることに驚きました。本当の世界は司書に充ちているのでしょうか。

居場所などない夏休み図書館に行くことだけにささげた素足

（東こころ・女・37歳）

「夏休み」の「素足」なら、きらきらした海辺の灼けた砂浜の方がずっと似合うだろう。でも、〈私〉の「素足」は、ひんやりとした「図書館」に捧げられた。その虚しい美しさに惹かれます。

図書館で待ち合わせたがうつむいたひとばかりだから耳で探した

（柳本々々・男・33歳）

「図書館」は「うつむいたひとばかり」の場所、という把握の魅力。さらに、顔を見ることができないから、「耳で探した」という展開にときめきます。

図書館の好きなところは「いらっしゃいませ」って誰も言わないところ

（新道拓明・男・25歳）

「いらっしゃいませ」は歓迎の言葉。でも、いや、だからこそ、そう云われた瞬間に、他者との関わりの世界に取り込まれるような気持ちが生じる。それに対して、「図書館」は自らの心の内部に入ってゆくための入口。だから「いらっしゃいませ」はなくていいんだ。

風の午後『完全自殺マニュアル』の延滞者ふと返却に来る

（木下龍也・男・27歳）

「『完全自殺マニュアル』の延滞者」には危険な匂いがありますね。その本はたぶん永遠に返ってこないんじゃないか、だって……。そんな不穏な想像が裏切られるところがまた面白い。

図書館を歩いているの好きだけど座ると急に帰りたくなる

（あいのうさえ・女・30歳）

「図書館を歩いている」時、時間の森の中を歩いているような気分になります。でも、座ったとたんに魔法が解けて、現実の世界に戻ってしまったのか。

図書館にいそうな顔と指摘されいないいないと眼鏡をはずす

（ナポ銀金時・男・33歳）

「いないいないい」って可笑しいですね。「図書館にいそうな顔」イコール「眼鏡」という単純さがいいと思います。

きさすぎた冷房の中きみ眠る貸出不可の図鑑みたいに

（タカノリ・タカノ・男・24歳）

片思い的な感覚がうまく表現されています。ベストセラーの小説よりも「貸出不可の図鑑」に惹かれるのは何故だろう。

図書館の机に落書きされた字のような「もうじき夏が来るんだ」

（増田達郎・男・22歳）

「図書館の机に落書きされた字」には、例えばスマートホンに送られてくるどんなメッセージよりもときめきを感じる。そこには世界の秘密の匂いがあるから。

友達のいない人だけが好きです誰も知らない本に似ていて

（早乙女まぶた・男・29歳）

「他者と交流して中和されない分、強烈なオリジナリティを秘めている感じがして気になるんです」という作者のコメントがありました。一度も開かれたことのない「本」や心の中には、とてつもない世界が隠されているのかもしれない。

図書館の棚を倒して海にして好きな言葉を獲りたくなった

（葉涼・女・29歳）

面白いですね。「図書館の棚」にきちんと並んだ本の中から「言葉」を選ぶんじゃ駄目なんだ。養殖モノと天然モノの違いみたいな感じでしょうか。

では、次に自由題作品を御紹介しましょう。

いつか君を思わなくなる朝が来て牛乳は透明になるだろう

（鈴木晴香・女・33歳）

「牛乳は透明になるだろう」に、はっとさせられました。その「朝」から、世界は見たこともない姿を現すんだろう。

同じ作者の「どの蝉も蝉に向かって鳴いていて私はたぶん君に喘いだ」も良かった。「蝉」と「蝉」の関係と「私」と「君」の関係はパラレルじゃなくてズレがある。それが「たぶん」の一語に込められているようです。

プリンなど作る場合は気をつけてすべての材料が燃えやすい

(20027・女・21歳)

えっ、と思う。「プリン」の「材料」って、たしか、卵、牛乳、砂糖……。特に「燃えやすい」とは思えないんだけど。もしかしたら、本当に燃えやすくて、気をつけなきゃいけないのは、〈私〉の心かもしれない。

てんとうむしぱかっと割れたあのときにみえたあそこがあいつのいのち

（稲垣三鷹・女・17歳）

外側は硬そうだけど、「ぱかっと割れた」ところは一瞬しか見えない。いったいどうなっているんだろう。わからない。でも、「あそこ」こそが「あいつのいのち」に違いない。「割」の一文字だけが漢字なのも効果的。「てんとうむし」のことを詠いつつ、それ以上の何かが暗示されているようです。

テーマ

カレー

「短歌ください」の特別篇。今回のテーマは「カレー」です。

またカレーかよと思った俺にまでおいしくしてくれてありがとう

（カー・イーブン・男）

「カレー」にお礼。実感がありますね。庶民的で、けれど期待を裏切らず、しかも飽きがこない。そんな「カレー」のフレンドリーな底力が伝わってきます。

カレー好き昨日も食べたカレー好き今日は餃子明日はカレー

（37℃の微熱・男・29歳）

「今日は餃子」が妙に可笑しい。あれ？　と思いつつ、仮に「今日もカレー明日もカレー」だったら、全く面白くないことに気づきます。

揺れてない？カレースプーンを持ったままグラスの水を見つめるふたり

（木下龍也・男・26歳）

さり気なく書かれているようで実感がある。このシチュエーションには、パスタや親子丼やお寿司よりも、やはり「カレー」が合っているように思えるのは何故だろう。「グラスの水」が欠かせない食べ物だから？

それがうちのルールでしたね家族5人
畳で正座で食べてたカレー
（神田寛美・女・32歳）

「食事時のきちりと正座がルールでした。父も正座でした。カレーと正座はもっとも似つかわしくなくて、それゆえにカレーと正座をよく思い出します」という作者のコメントがありました。普通からどこかズレているからこそ思い出になり、こうして短歌にもなる。その一方で、昭和の日本の「家族」って感じもします。

母恋えば母の味するカレーあり若葉きらきらする昼餉どき
（みいな・女・29歳）

「母の味するカレー」によって、〈私〉の中で「若葉」の「きらきら」した生命力が一層強まっているようです。

「カレー」と「若葉」の組み合わせでもう一首。

川沿いの街路を行けばランチしこむカレーの香りして若葉冷ゆ

（岡村梨花・女・40歳）

視覚、聴覚、嗅覚、味覚、触覚が瑞々しく連動しています。「川」「街路」「カレー」「香り」という音の連なりも魅力的。

病院で今のうちにと渡される君の得意なカレーのレシピ

（ごうさん・男・40歳）

「今のうちに」に胸を衝かれました。「君」のためにも〈私〉は食べ続けなくてはいけない。おいしくて元気の出る「君の得意なカレー」を。

レトルトのカレーの揺れる熱湯のどこまでもどこまでも透明

（鈴木晴香・女・32歳）

「レトルトの中はどろどろとしたカレーなのに、まわりのお湯はそんなことを感じさせない、透明なままでいることが不思議です」という作者のコメントがありました。感度の高い歌ですね。物理的には全く「不思議」じゃないのに、意識の奥では確かにそんなことを感じている。「レトルト」が〈私〉で「カレー」が心、そして「熱湯」が世界、という二重性も読み取れそうです。

テーマ

コーヒー

「短歌ください」の特別篇。今回のテーマは「コーヒー」です。以前、「カレー」のテーマで募集した時、集まった歌は家庭や家族を感じさせるものが多かったんだけど、今回は恋愛や孤独をイメージさせる作品が寄せられました。

コーヒーとミルクの夢をみたけれど彼らは今も恋人ですか

（杉本浅葱・女・15歳）

コーヒー専用ミルクのキャッチコピーに「褐色の恋人」という言葉があったのを思い出しました。作中の〈私〉自身は恋の当事者ではなく、ただ「彼ら」のことを思っている。そこに惹かれます。「コーヒー」と「ミルク」のことを詠いながら、それ以上の世界が広がってゆくようです。

きらきらと黒く輝くひややかなコーヒーゼリーをすくえばひとり

（匿名希望・女・49歳）

「コーヒーゼリー」を詠ったところが新鮮ですね。コーヒーに似ているようで違う不思議な食べ物。コーヒーの歌はひとりの時間を楽しむ内容が多かったけど、こちらは瑞々しい孤独感が描かれています。

水晶のように翳したあのひとが使わなかったガムシロップを

（匿名希望・女・51歳）

「漆黒のアイスコーヒーに混じることがなかった透明なガムシロップがきらきらしてま

した」という作者のコメントがありました。確かに透明で形も少し似てるけど、それが「水晶」とまで思えるのは、特別な「ガムシロップ」だからこそ。「あのひと」への思いが〈私〉の感覚を増幅していると思います。

コンビニのコーヒーはおいしいのかと
父は連日聞くだけである

（きょうこ・女・34歳）

「父はテレビで〝コンビニのコーヒーが進化した〟みたいな特集を見て、気になっているようですが、どうやって注文するのかが不安らしく、『おいしいのか』と私に聞くだけです」との作者コメントあり。リアルですね。「コーヒー」を通して或る世代の「父」の姿が浮かび上がりました。

うわ　やばい　取っ手に指が入らない
ここ高級な珈琲屋じゃん

（関根裕治・男・43歳）

「取っ手に指が入らない」が素晴らしい。お店の雰囲気やメニューや値段ではなく、ただその一点で「高級」であることに気づくなんて。しかも「やばい」んだ。

10秒でアイスコーヒー飲みほしてあと
は氷を噛み砕いてるキミ

（キノコバエ・女・37歳）

「キミ」の姿が浮かんできます。「アイスコーヒー」と「氷」が生きていますね。どんなにせっかちでも、さすがにホットを「10秒」はきびしいもんね。原作は破調だったので音数を整えさせて貰いました。

「出来上がり」ランプが灯るまで中の液体はまだコーヒーじゃない

（小坂井大輔・男・35歳）

カップ式の自動販売機なんでしょう。色も香りも「コーヒー」にしか見えないものが、〈私〉の目の前にある。でも、手を出すことはできない。これはまだ「コーヒーじゃない」んだ。日常の細部までシステムに支配されてしまう感覚が巧みに表現されています。

淹れられた珈琲の薫り優しくて飲ませたい作中の彼に

（ノート828・女・45歳）

「作中の彼に」がいいですね。この一語で、喫茶店のような場所で本を読んでいることがわかります。現実と本の中の世界とが、一杯の「珈琲」によって繋がるんだ。

あとがき

本書は『ダ・ヴィンチ』誌上で現在も連載中の「短歌ください」の単行本第三弾です。第六一回から第九〇回までと特別篇の二つをまとめたものになります。毎回のテーマに沿った投稿作品と自由題作品の中から、これはと思った歌を選びました。

ここ数年、投稿者の中から歌集を出版する人も出てきており、全体のレベルが高くなっています。載るのはなかなか大変。でも、そのハードルを越えて、新しい才能が次々に登場しています。「短歌ください」から歴史に残るような歌人が現れて欲しいなあ。

短歌を全く読んだことのない人にも、本書のどの頁からでも開いて貰えれば、その魅力を実感していただけると思います。

連載用イラストレーションの陣崎草子さん、デザインの川名潤さん、連載担当編集の関口靖彦さん、そして単行本担当編集の稲子美砂さんには、大変お世話になりました。ありがとうございました。

それから、「短歌ください」に素晴らしい短歌をくれたみなさん、どうもありがとう。

おかげでこんなに素敵な本ができました。連載はまだ続きますから、もっとください。

二〇一六年二月一五日

追記

文庫化にあたって、挿画の藤本将綱さん、ブックデザインの川名潤さん、そして担当編集の辻村碧さんには、たいへんお世話になりました。ありがとうございました。また、木下龍也さんに解説をお願いしました。ありがとうございました。「木下龍也・男・23歳」として前作『短歌ください　明日でイエスは2010才篇』に初登場した木下さんの作品は、本書にも数多く掲載されています。言葉の切れ味にはさらに磨きがかかり、今では第一線の歌人として活躍されていることを嬉しく思います。

二〇二五年二月二三日

穂村　弘

解説

木《き》下《の》龍《した》也《たつや》（歌人）

穂村弘《ほむらひろし》がいなければ僕は短歌を始めていなかったし、「短歌ください」がなければ僕は短歌を続けていなかった。解説だから、と敬称を略すことも心苦しいほどの恩人だ。穂村弘の歌集に衝撃を受け、見よう見まねでつくった最初の一首を「短歌ください」に投稿し、たまたま採用されて、では次の歌、次の歌、というふうに短歌をつくり続けた。投稿フォームにぶつけた初期衝動が雑誌で活字になることは何よりも嬉《うれ》しかったし、自身でも気付かなかった作品の魅力を的確な評によって解き明かしてもらえることは何よりも励みになった。第一歌集を出せたのも（もちろんたくさんの大人のお世話になったが）元を辿《たど》れば穂村弘のおかげであるし、同じく常連の投稿者で、後に共著を出すことになる岡野大嗣《おかのだいじ》や鈴木晴香《すずきはるか》と出会えたのも「短歌ください」がきっかけだ。穂村弘は短歌の父であり、「短歌ください」は僕の短歌の故郷みたいなものだ。僕にとってせめてもの恩返しに、と解説を引き受けてみたものの、本書は一般的な歌集と違って短歌と評がセットになっているため、どのページも僕の解説は不要で楽しむことができる。では何を書いたらいいんだろう、と頭を抱えながら読み終わったとき、僕の胸に湧き上がってきたのは、（もう一度）投稿したいという気持ちだった。あなたはどうだろう。現実的に僕はもう戻らないだろうけれど、あなたは進むことができるかもしれない。これから投稿してみよう。そう思っている方に向けて、解説の代わりに僕が投稿時代に実践していたことをいくつか書き連ねてみることにする。あ、心苦しいので、ここからはさん付けで書かせてください。

・投稿数について

「短歌ください」には毎回千首～二千首の投稿があると穂村さんから聞いた。そのなかで誌面に掲載されるのはテーマ詠と自由詠を合わせても十三首～十五首だから、一首が採用される確率は1％前後という狭き門である。ならば投稿数に制限もないし、たくさん送って数で押し切ろうと思いそうになるが、ほぼ毎回歌集一冊分の短歌を投稿している方もいると、これも穂村さんから聞いた。数では常に上がいるのだ。だから重要なのは、毎回一定数以上の短歌をつくることと、それぞれに違う内容を書くということだ。当たり前かもしれないが、これが採用への一歩目なのではないかと思う。具体的な数で言うと、鈴木晴香さんはテーマ詠と自由詠それぞれに毎回十首ずつ投稿し、それを十二年間続けていたらしい。僕はテーマ詠と自由詠を合わせて十首～十五首は投稿していた記憶がある。その数は語順や表記だけを変えた一首や二首のバリエーションではなく、それぞれ別のアイデアを核にしてつくられた短歌だ。そうすれば、投稿の場において最初にぶち当たるであろう同案多数という壁を突破できるはずだ。

・採用歌の傾向について

選者は読者ではなく、穂村さんだ。投稿者は不特定多数の読者ではなく、穂村さんたったひとりを短歌で口説けばいい。そのためには本書を読みながら、穂村さんがどういう短歌を選ぶのか、をインプットしておく必要があるだろう。そう思って僕も「短歌ください」で採用されるために、とにかく「短歌ください」を読みながら、採用歌の傾向に発想をチューニングしていた。何を詠めば採られやすいか。いくつか歌を引きながら、その傾向を探ってみたい。

①ニッチ

箱の中暗い空間増えてゆくティッシュ一枚引き出すたびに／西口ひろ子
朝もやの中にかたっぽ靴がありあまった夜が逃げ込んでいた／ティいくつもの小さな花の咲く蔓を這わせています両の乳房に／サツキニカ
体操着姿の君が去ったとき窓に網目があるのを知った／おざ

桜の木見上げて写真を撮るひとの片方曲げた足がよかった／工藤吉生

現実の世界であれ、想像の世界であれ、大まかに見ているだけでは気付くことのできない隙間が必ずある。例えば、〝箱〟や〝靴〟が抱いている闇、見たいものと見ているものの間にある模様、〝撮る〟という行為には無関係そうな〝足〟。視界には入っているけれど見落としている部分。そういうものを提供されると、これまで紛失していたパズルのピースを見つけてもらえたようで、穂村さんは驚きながら嬉しくなるはずだ。

②とても個人的な体験

図書館の本なのにこれ、なんだろう　カラオケボックス臭ハンパ無し／石田明子
2歳2ケ月の娘に命じられ快晴の日に長靴を履く／トヨタエリ
カバーなく超能力の開発本読むOLと終点まで行く／高橋徹平
全員が息を止めてた特急の床で跳ねてる出目金を見て／蜂谷駄々
友達の遺品のメガネに付いていた指紋を癖で拭いてしまった／岡野大嗣

作者が実際に体験したことなのかは不明だが、〝カラオケボックス臭〟も〝長靴〟も〝超能力の開発本〟も〝出目金〟も〝指紋〟も、想像では書けないのではないかと思わ

せるほどの衝撃がある。僕では書けなかった。体験したあなただから書けた。僕があなたではなく、あなたが僕ではない理由がここにある。世界の本当の姿を教えてくれてありがとう。

③論理の飛躍

電池が倒れたときこうやって時が解決していくのだと思った／美欧
本当に一瞬だけ寝たときに垂らした涎だから大丈夫だから／マンゴーアレルギー
ドアの色変えられてもうふみくんの家を見つけることはできない／ノート
豪雨なら仕方ないよねあのひとの子どもと海に行ったとしても／藤本玲未
どこかしら壊れてるんだろう俺は子どもにやたら見つめられます／えむ

その人にはその人なりの論理や解釈があって、AだからBと繋《つな》がっているようなのだけれど、こちらにはそれがほぼわからない。三十一音という制約があるから、注釈もなければ、追加で説明をしてもらえることもない。その社会から離れているような強さに惹《ひ》きつけられ、吸い込まれる。エクセルをスクロールしながら選歌をしていると、こういう歌はきっと光って見える。

④納得

ぼうっとして右と左を間違えたそれだけで靴は私を拒む／井上鈴野
この回は立ち読みをした回だなと単行本を読み返すたび／新道拓明
鳴きまねににゃーと応えてくれたけど私は猫語でなんて言ったの／冬原
伝票をくるりと丸め透明な筒に入れられた瞬間ひとり／白石美幸
はなやかに光は溢れどの人も鏡と話してるヘアサロン／原彩子

これらの歌のような経験を読者がしていたとしても、それらは心の表層付近ではなく、深層まで沈んでいる場合が多い。だから、そうそうそうだよねと素早く共感できる歌ではなく、少し間を置いて、言われてみれば確かに、と納得してしまうのだ。自身では手の届かないところから、そんな納得を取り出してもらえる快感は共感よりもはるかに強い。

⑤唐突

臨月を迎えた姉のその腹を触ってみたい　30駅先／中山雪
誘わなきゃ二万八千五百円出して浴衣を買ったんだから／トヨタエリ

君が好き剛力彩芽よりも好き剛力彩芽はその次に好き／オカモト
スイカ割りよくやりましたなつかしい青い青いスーパーの床に／横山ひろこ
君の頰に「は」と書いてみる「る」は胸に「か」は頭蓋骨に書いてあげよう／鈴木晴香

〝30駅先〟も〝二万八千五百円出して〟も〝剛力彩芽《ごうりきあやめ》〟も〝青い青いスーパーの床〟も〝頭蓋骨《ずがいこつ》〟も穴埋め問題にしたら、おそらく多くの人が不正解となるであろう。思いも寄らないフレーズだ。遠くの街へ、どんな春より美しいほどの、ごはんを食べる、海の近くの駐車場にて、つま先、というふうに僕が簡単に思い付く言葉ではだめなのだ。世界が一瞬停止する唐突さ。事故に遭ったように目が回る。穂村さんはくらくらするのが好きなのだ。

⑥生々しさ

あの人のつまさきとっても好きだから私を履いて「トントン」てして。／ヨシムラ
ウイスキーボンボンを食べているきみの息のにおいが好きであります／猫丸頰子
ナイターに背を向けひとりキッチンで静かに桃を食べている母／苗くろ
プール参観百本の足がぺたぺたと日傘の前を横切ってゆく／桃子
ゆっくりと運ぶ牛乳壜たちがりろりろりろと鳴るのが嫌い／原彩子

　読者の脳内に再現してもらう光景に、五感のいずれかを伴わせること。全身で味わう〝「トントン」〟も甘ったるい〝きみの息のにおい〟も〝キッチン〟の薄暗さと母の手首を桃の汁が伝う感覚もいまここにはないのに聞こえてくる〝ぺたぺた〟や〝りろりろりろ〟も、記憶にはないはずなのに、まるで昨日のことのようにリアリティを持って思い出すことができる。

　以上、『短歌ください　君の抜け殻篇』から僕が震えた歌を抜粋し、六つに分けてみた。もちろん、きっぱりと分けられるものでもなく、いくつかのカテゴリに跨《また》がっている歌もある。また、当てはめることはできないけれど、素晴らしい歌がいくつもあるし、むしろ当てはまらない歌こそ、穂村さんはほしいのかもしれない。多様で面白いアイデアに溢《あふ》れているのが「短歌ください」だ。ぜひ、あなたもそのまぶしさの一員に、いや、そのなかの一等星を目指して、短歌を穂村さんに送ってあげてほしい。

本書は、二〇一六年三月に小社より刊行された
単行本を加筆修正のうえ、文庫化したものです。

短《たん》歌《か》ください

君《きみ》の抜《ぬ》け殻《がら》篇《へん》

穂《ほ》村《むら》 弘《ひろし》

令和7年 4月25日 初版発行

発行者●山下直久

発行●株式会社KADOKAWA
〒102-8177 東京都千代田区富士見2-13-3
電話 0570-002-301(ナビダイヤル)

角川文庫 24617

印刷所●株式会社暁印刷
製本所●本間製本株式会社

表紙画●和田三造

ISBN 978-4-04-115926-2 C0195

JASRAC 出 2501453-501

◇◇◇

角川文庫発刊に際して

角川源義

第二次世界大戦の敗北は、軍事力の敗北であった以上に、私たちの若い文化力の敗退であった。私たちの文化が戦争に対して如何に無力であり、単なるあだ花に過ぎなかったかを、私たちは身を以て体験し痛感した。西洋近代文化の摂取にとって、明治以後八十年の歳月は決して短かすぎたとは言えない。にもかかわらず、近代文化の伝統を確立し、自由な批判と柔軟な良識に富む文化層として自らを形成することに私たちは失敗して来た。そしてこれは、各層への文化の普及滲透を任務とする出版人の責任でもあった。

一九四五年以来、私たちは再び振出しに戻り、第一歩から踏み出すことを余儀なくされた。これは大きな不幸ではあるが、反面、これまでの混沌・未熟・歪曲の中にあった我が国の文化に秩序と確たる基礎を齎らすためには絶好の機会でもある。角川書店は、このような祖国の文化的危機にあたり、微力をも顧みず再建の礎石たるべき抱負と決意とをもって出発したが、ここに創立以来の念願を果すべく角川文庫を発刊する。これまで刊行されたあらゆる全集叢書文庫類の長所と短所とを検討し、古今東西の不朽の典籍を、良心的編集のもとに、廉価に、そして書架にふさわしい美本として、多くのひとびとに提供しようとする。しかし私たちは徒らに百科全書的な知識のジレッタントを作ることを目的とせず、あくまで祖国の文化に秩序と再建への道を示し、この文庫を角川書店の栄ある事業として、今後永久に継続発展せしめ、学芸と教養との殿堂として大成せんことを期したい。多くの読書子の愛情ある忠言と支持とによって、この希望と抱負とを完遂せしめられんことを願う。

一九四九年五月三日